梦香泉

张宜春 著

中国文史出版社

图书在版编目（CIP）数据

梦香泉 / 张宜春著 . -- 北京 : 中国文史出版社，2020.12

（跨度小说文库）

ISBN 978-7-5205-2807-8

Ⅰ . ①梦… Ⅱ . ①张… Ⅲ . ①小说集 – 中国 – 当代 Ⅳ . ① I247

中国版本图书馆 CIP 数据核字 (2020) 第 253773 号

责任编辑：金　硕　李军政

出版发行　中国文史出版社
社　　址　北京市海淀区西八里庄路 69 号院　邮编 :100142
电　　话　010–81136606 81136602　81136603 81136605（发行部）
传　　真　010–81136655
印　　装　阳谷毕升印务有限公司
经　　销　全国新华书店
开　　本　650 × 960　1/16
印　　张　12
字　　数　150 千字
版　　次　2021 年 4 月北京第 1 版
印　　次　2021 年 4 月第 1 次印刷
定　　价　45.00 元

目 录

梦香泉

1

三年前，我的左腿弯处冒出红疹，奇痒钻心，尤其是夜半时分，被窝里的温暖鼓励着痒神肆无忌惮地上蹿下跳，将我折磨得根本无法入睡。我跑了很多医院求诊，药吃了不少，也涂抹了很多所谓的神奇偏方开出的五颜六色的药粉药膏，但疗效全无，本来还算光洁的皮肤，有一大片被抓挠得血淋淋惨不忍睹，时间一长便流水溃烂。中医说我这病是六淫（风、寒、暑、湿、燥、火）、七情（怒、忧、思、悲、恐、惊、喜）、饮食及劳逸不当所致，听得我一头雾水，我的心情只有六情，何喜之有？

我的生活变得灰暗无色，因为春夏秋冬里都有一个魔鬼与我如影随形，那就是痒。

今年春暖花开，正当我痒不欲生的时候，萧遥急电我去北京，说有要事相商，口气不容置疑。

萧遥是我的大学同学，还做过我的领导。他从文化局局长的位子上辞职下海，在北京漂了几年，从发行报刊到为人搞专题，明的暗的赚了不少钱，后来又搞房地产，在北京也是一个官场、商场、文化圈都吃得开的人。后海旁那座专供与人喝茶闲谈的四合院，据说现在值七八千万。他常劝我别留恋体制内那点死工资，剧目创作室主任算个什么，如今搞个文化传媒公司也不用什么大投资，稍微赚点也足够后半辈子用的。我一向追求散淡安逸，怕禁不起一波三折的人生过山车，对他的建议一直怀有疑虑。这不刚落座，他就叫一美女给我端来一杯咖啡似的但却透明的饮料："你先喝喝看，待会儿多带点，能调节人的生理机能，有助于你的皮肤康复。"我将信将疑喝下这杯酸溜溜、甜滋滋的东西，问这是啥玩意儿，不会是大烟膏之类麻痹神经的吧？

"滚蛋吧你，你就没想过我的好。"萧遥也喝了一杯，"小分子肽蛋白，很多人都在用，没有任何药物成分，纯大豆提取，食疗，很贵的。"

萧遥要我写一个关于昭明太子萧统的本子，他已经和几个萧氏企业家商量好，准备拿出千把万搞部电影，争取上院线，最次也要上央视六套。他说："最近很多人有钱后就琢磨着折腾一下老祖宗，咱老萧家除了在月下追韩信的萧何，也有做过皇帝的萧衍和载誉文坛的昭明太子萧统，如今英雄也要问出处，寻根问祖咱也能算个官N代。"

"你拉倒吧。"我赶紧泼冷水，"你是叫宫廷剧给忽悠邪了吧？太子嫔妃热靠的是小鲜肉和美靓女演员给哄抬起来的，吸的是无聊眼球，赚的是狂热'粉丝'的收视率和点击率，跟历史无关，更不能给祖先贴金。再说南朝那点破事都被宫廷剧给折腾得稀汤寡水的，你再烫那剩饭还有味吗？”

“嘿，你这痴迷于正统文史的狗屁作家居然也看宫廷剧了？”萧遥喜出望外，“那就更好了，你可扬长避短免得撞车。”他打开电脑指着“互动百科”中的“萧统”一栏说：“其实萧统与剧中的太子形象迥然不同。我们萧家这位梁国太子在历史上可以说是一个接近于完美的人，他好学上进，手不释卷，取得了当时南梁的最高文学成就，就算是他随手编的一本历代作文选，也流传后世，成了畅销书《昭明文选》，对爸比妈咪的爱那叫一个情真意切，丝毫无愧于当时的孝道主旋律。他仁慈宽厚，对罪犯都宽大处理；他扶贫爱民，常常亲自动手救济穷人；他待人彬彬有礼，做事一丝不苟，一举一动无不严守儒家要义。从高端大气上档次的角度看，要评选史上最佳太子，萧统是唯一，没有之一。”

看来萧遥对他的这位太子先人还是做了一些功课的。但我还是不以为然，写帝王将相的戏太多了，况且还是歌功颂德的，没人愿意看，也不会有好票房。花上千万拍个片子放到自家宗姓祠堂里，给本姓子孙搞王婆卖瓜自卖自夸、孤芳自赏那一套，不值。

“啥值不值的，先把本子赶出来，兴许你因此成名从此脱单，让那说我‘贼’的人不再给我贴不仁不义的标签。”

我赶紧岔开话题。说他贼的人叫卫虹，也是我们俩的大学同学。在大学里我处处谦让萧遥，分到同一座城市同一个系统后我也常给他做陪衬的绿叶。我们俩共同喜欢的女同学卫虹后来成了他的老婆，萧遥进京后两人就离婚了，但这跟我也喜欢她是两码事。

我说电影需要跌宕起伏的故事情节、复杂尖锐的矛盾冲突和性格鲜明的人物形象，而史书记载的那点事撑不开大场面。我尊重历史的治学态度你最清楚，生编硬造的事我做不来。

“快别提这些人了。”他说，“他们的眼睛如今都长到天灵盖上了，要价忒高，再说他能按你的思路搞？我的祖先当然不能被他们糟践成游戏于嫔妃宫女青楼歌伎之间的浪荡公子，他必须形象俊逸、才华横溢、品行高洁、崇高完美，堪称后世楷模。”他让我别再推三阻四的，否则他就会认为我是欲擒故纵，准备对他漫天要价。

你爱怎么认为那是你的事。我知道他这是激将法，但还是觉得昭明太子短短的三十来岁人生，除编纂了一部《昭明文选》外，确实很难再写出什么吸引眼球的事。

“这就看你的功夫了。”萧遥站起身手叉着腰，仿佛多年前做我领导时的姿势，“你知道这几年一直流行仍未退烧的网络热词是什么？佛系呀，什么佛系青年、佛系爱情，只要和佛系挂上钩，就有人看，就有人热捧，你可以把它作为剧本的创作基调。”

我一听急了：“你这不是光宗耀祖，你这是要让你祖宗在九泉之下骂娘啊。亏你想得出，佛系一词最早才见于 2014 年日本的一本杂志，要硬安到一千五百多年前的南梁，恐怕就连你骂的那几个也未必敢想。”

萧遥居然笑得很开心：“这我就放心了，原来你对佛系并不陌生。你要知道，日本最善于从我们中国文化中汲取营养加以翻新改造据为己有，我们传统文化中一些未被发掘的东西反而叫他们捷足先登了。我要郑重提醒你，你作为南北朝文学研究专家，怎么就没有发现，佛系这些事在萧氏王朝比比皆是，你居然也人云亦云说是日本人发明的？”

我不得不佩服萧遥眼光独到有过人之处，他善于发现别人发现不了的东西。大学毕业论文他选的是鲁迅研究，大家都觉得这个选题很难有突破，不外乎摘摘抄抄烫烫剩饭，在相当一段时间内，大先生不知养活了多少研究者，连王胡的“胡”和小 D 的“D”有何寓意都有不同的争鸣。等到萧遥洋洋上万字的论文《从〈过客〉看鲁迅创作的荒诞意识》一提交，就引起中文系的轰动，文中还把塞缪尔·贝克特的《等待戈多》拎出与鲁迅散文诗集《野草》中的《过客》篇做比较，证明鲁迅才是荒诞派文学的鼻祖。该论文被评为学院年度好论文。如今他把佛系之说和南梁联系到一起，连我都觉得真有些靠谱。

萧遥见我不再反驳，就笑道：“南梁是一个全民向佛的时期，佛系和佛教如今看来没有任何关系，它强调的是什么都无所谓，行也行，不行也行。但你别忘了，我们的梁武帝萧衍才是佛系的真正鼻祖，人家当皇帝行，不当皇帝也行，四次出家当和尚，大臣们痛哭流涕去请他回朝，他就让大家给庙里交了些赎金把他赎出，再回去当皇帝。这气度，哪个佛系青年能做得到？当然了，电影的主角是萧统，人家也佛系十足啊，立他为太子，他也没觉得与其他皇弟有何不同，无所谓。被宦官连累差点丢了皇储的位子，也无所谓，乖乖跑到城外修身养病。皇上皇后给他选了个蔡氏女子做太子妃，他不问长相才华就答应了，内心其实很挣扎，表面也就算了。”

我说佛系讲的是对任何东西都不争不抢不努力，用这个表现昭明太子很难出戏出彩。

萧遥暧昧一笑："你呀，才是一正宗佛系之人。"随后点拨道："你可加戏呀，这么风流倜傥、才华横溢的太子怎么可以没有爱情呢？相爱过程可以死去活来，到最后可以用佛系结局，当然也可以把责任推到封建专制上。"他见我不以为然，就挑明了说："你去安徽昭和县香泉镇，那里有很多昭明太子的传说，尤其是那里有处天然温泉，据说昭明太子曾和你一样患过疥癣，是在那里泡好的。你可以写有个香泉女与太子产生缠绵爱情，最后等级悬殊未成正果，酿成爱情悲剧，其实还是佛系爱情使然。"他的奇思妙想不知是临时火花还是酝酿已久，总之对我启发不小。见我不再极力排斥，他就满脸堆笑说："兄弟，香泉是个好地方，去了你会着迷的。"我讪笑道："你祖宗看好的地方，怎么会错？况且你这嗜血的牛虻，肯定能在那里叮上两口，可以捞点吧？"萧遥假装生气："你这家伙就是无趣，咱说话能不能不要那么直白？我是给他们提供文化自信和智力支持好不好！如今各地都在大搞文化创意，巴不得有人来宣传炒作编故事。这部电影一旦拍成上映，我们可以为他们提高旅游景点和历史文化知名度，打响文化招商牌。各地省市都有专项扶持资金，争取个几百万不成问题。再说了，你去那里边创作边泡温泉，说不准还真的能消去你的三年之痒。到时我再从当地给你找个助手，开车、打字、导游、采访，全方位提供协助。"

2

如方山的天气阴晴不定，太阳在这里仿佛一个受气的宫女，很少有过明媚灿烂的笑脸。树草葱绿、云雾缭绕本是昭明太子萧统在建康城里期盼的恬淡仙境，但一同方山联系在一起，就令他心生烦闷。这座山绵延十余里，山势耸峙、百草葳蕤、苍松滴翠、杂花生树，还有游历天竺、大夏诸国的东晋高僧宝云大师的幽居遗址，这不起眼的山便有了灵气和诱惑。他生气是因为这座山居然是前朝宋的昏君刘骏命名的，他想象得出，那昏君登临山巅，远眺长江蜿蜒如练，此山颇像那建康皇都的方山，在那里，刘骏和丰腴妖艳的生母苟且欢娱，遂命史官将此山改名如方山。

他用力撕扯着萦绕不去的晨雾，那雾霭如同蛛丝缠头，怎么也挥之不去。这时，一首诗骤然跃入他的脑际：寒鸟树间响，落星川际浮；繁霜白晓岸，苦雾黑晨流；鄰鄰逆去水，弥弥急还舟；望乡行复立，瞻途近更修；谁能百里地，萦绕千端愁。

又是方山，真的令人懊恼。这首诗是太子奉为诗师的何逊所作的《下方山诗》。初读此诗时他尚不以为然，待经历了丧母之殇和失势之颓后，他才深悟何逊探景幽微、语气优柔，读之数不尽缠绵之致。尤其是用作悲伤忧郁象征的苦雾，令他爱恨难舍。几个月前，他在《锦带书十二月启》一诗中也有“严风极冷，苦雾添寒”的诗句。

太子到这里已有些时日。记得第一次来时他刚满十五岁，转眼也都十余年了。那次他随父皇春游，出建康，经慈姥矶渡江，过惠济寺，一路打马踏青，不到两百里的桃红柳绿通幽蹊径当天即达。父皇攀至山顶，只那么环视了一下，便慨叹前朝刘骏那昏君还是有眼力的。他对太监俞三副说，就在这，建个萧氏藏经阁，以后太子皇孙们可到这读书研经，雾霭缥缈、云淡风轻，比起建康皇都更适合修身养性得道成佛。那时父皇刚痴迷佛经佛学，似乎四大皆空什么都无所谓，只要能普度众生，不是比当初篡权夺位治国理政更有意义吗？

太子素信三宝，亦曾遍览众经，相信很多人咏诵佶屈聱牙的佛经，都是不知所云的跟风装样，而他却能把佛教大乘经典《金刚经》整理成容易传诵理解的三十二分成。他以为，笃信佛教，可以使人天性仁恕、持戒精严，对父皇以佛治国摩顶崇拜。佛教大行于世，南朝四百八十寺可能要被后世诟病，因为以教代法也成了一些奸佞犯人逃避惩罚的庇护所在。

他能怎么办？他那六皇弟刘纶看见别人送葬有趣，就把朝中一个老臣装进棺材里，雇了一帮乞讨老翁老妪跟在后面哭哭啼啼扮演着送葬闹剧。老臣告发到父王那里，父王气急，派人鞭笞了六皇弟一顿。刘纶不仅没有悔过，居然找了一个貌似父王的老头，把他打扮成父王，先是对假父王哭泣诉苦，接着扒下那人的衣服，用鞭子打得皮开肉绽，嘴里还念念有词骂着老昏君。那人实在无处申冤，也告到父皇那里，父皇先是发狠要严惩，后来又以慈悲为怀赦免了他。如今朝野上下，无人言法，动辄佛曰，唉，真不知道以后会怎么样。

讨厌的痒痒钻心虫又开始蠢蠢欲动了。太子看了看窗外，夏初的熹微刚刚露出点亮光。几乎成了报晓的鸡鸣，每天此时，这奇痒就像佛教中食人肉的恶魔罗刹一样，让他欲死不能欲生难忍，御医站在他的床前无计可施，君子如他者，都想骂人杀人。

天开始蒙蒙亮了，他索性爬起，用纤细苍白的手赌气似的对着瘙痒处“哗哗”扤挠起来。御医赶紧跪在床前，不顾肮脏地抱住他有些肿破的左脚踝，轻轻地抚摸着，口中哄孩子一样地呢喃着："不能抓，不能抓，越抓越痒痒。"御医年龄比父皇都大，他的眼眶开始潮热，叹一口气又躺到卧榻上，任凭御医用长者的疼爱来抚慰他。御医竭尽所能，用撮圆的嘴对着痒处吹着凉风。他相信，只要能解除他的痛苦，老御医从身上割肉喂他都不会眨一下眼。

"太子，您要不要试一试新找的偏方？"御医轻声问他，"是从北徐州那里讨来的，这东西是去年端阳节午时窖入地下的豆汁，发酵一年，前天才刚刚起出，据说很有疗效，只是味道不大好闻。"

"也难为你了。"他皱了皱眉苦笑道，"前些日子你把宫中药房里的珍稀香宝龙涎香都拿来配药给我服用，还说它可以活血、益精髓、助阳道、通利血脉。唉，除了香气馥郁，那痒似乎是恋香君子，折磨我也变本加厉，如今又用污秽之物驱赶，若那痒魔是逐臭之妖，又该如何是好？"

御医尴尬无奈，搓着手在床前转着圈。他不想为难御医。这痒虫开始钻其心扉，抓挠都止不住，有病乱投医，姑且试试吧。

痒虫的寄生处最初在他的左脚里侧的踝骨处，如今已蔓延到小腿的大部分。御医叫医童抱来一个密封的坛子，开始窸窸窣窣地忙活着，随后就有一股恶臭之气扑鼻而来。他咳嗽一声赶紧用锦织丝巾捂住口鼻。医童端着盛满臭液的药钵将脸扭到一边，御医拿着用羊胎毛做成的涂药笔，蘸着液体在红肿溃烂的皮肤上轻柔地涂抹着，一丝凉意闪电似的直逼心口，那液体像在病肤上吱吱叫着追杀着可恶的痒虫，刚才还燥热奇痒的痛苦顿时消减了许多。

满屋的恶臭逼飞了尚未振翅的蚊蝇，这时外面的第一缕阳光适时照入室内，一扫多日弥漫的晨霭雾霾，令这初夏的早晨有了活脱脱跳跃的微尘。

太子迎着旭日走出藏经寺。这方圆几十里的如方山如今都是他们萧家的独产，原本有几户守林看山的农户早就搬走了，几个可以上山的隘口都有兵丁常年把守，外人是无法进来的。山上飞禽不少，珍珠鸡、鹧鸪鸟、野雉、雕鹰、乌鸦、燕雀多得叫不出名，除了野兔、松鼠、刺猬和獾子，能伤人的野兽从来就没听说过。这么多年，父皇和后宫没少到这里避暑消闲，兴之所至，还会到人迹罕至的地方寻幽探险，有时居然能采到稀世的巨型何首乌，也从未担心有歹人和野兽毒蛇的侵袭。他一向循规蹈矩，很少到常人不去的地方，御医和侍卫对他也没有什么可担心的，他们知道他好清静、惧烦扰，他到哪里他们从不过问。

走到林子深处，薄雾还是淡淡地飘荡着，陈年的蛛网已被旧日的风尘撕破，晶莹的雾珠就懒懒地挂在上面，没有大树的空地上，杂草茂密葱绿，野花摇曳多姿，百灵鸟引吭着林间的合唱，把喧嚣的山野映衬得宁静而安闲。

很久没有今天的好天气和好心情，他沿着幽深的林间小道拾级而行。突然，在他的正前方“扑棱棱”飞起一群雀鸟，树林顿时有了纷乱后短暂的静谧。他的头皮一麻，这是他第一次独自远行到这样一处幽僻之地，不知道会遇到什么或怎么应对未知的一切。他就这样呆呆地伫立在一片远离参天大树的空地上，任何的袭扰于他都是轻而易举。

正惶恐无助时，他看到一个耷拉着脑袋的村姑怯生生地朝他走来。她穿着一件青花蜡染粗布衫，裤子显小了，脚脖和脚踝都裸露出来，她的脚踝很像他从前的那样，光洁细腻，只是没有他的白皙。她的鞋子被露水打湿了，鞋面还沾了一些青绿的草叶和潮湿的泥土，右臂弯中挎着一个柳筐，里面放着一些叫不出名的植物和根茎，左手拿着的那把鹰嘴锄，暗光时显，看起来非常锋利。不知为什么，她的腮挂着泪珠，像是刚刚哭过。

“我，我只是到山上采药，别的地方都被人采光了，我以后再也不敢来了。”她颤颤巍巍地低头求饶。

他知道，这里是皇家御地，私自进入是有罪的，如果落入守山的兵丁或藏经阁的仆人手中，真难想象会怎么处置她。他突然有一种想和人交谈的欲望，心里更涌出一阵莫名的温暖，这温暖，不知是别人温暖了他，还是他温暖了别人。他说：“不会治你的罪，但你得告诉我你从哪里来？采的这些是什么？能干什么用？”

她低着头，怵怵轻语，说她家是山下十里外香泉的，今年十六岁，父母不在了，跟着爷爷采药为生，爷爷是个郎中，如今老了，不能爬山采药了。今早她趁着晨雾弥漫，从一处崖壁扯着葛藤攀缘而上，采挖的这些都是别处见不到的名贵草药，有党参、沙参、桔梗、红根、百合和木灵芝，能比在外面辛劳半个月卖的钱都多。她“扑通”跪下：“我知道这跟偷没什么两样，只要不治我的罪，让我干什么都行。”

这是在江南不多见的高挑女子，她跪地低头，那在阳光下显露出晶莹绒毛的脖颈越发颀长，盘在头上的乌发也散乱垂地，令人心中隐隐生怜。他屈身向前，想让她起来，谁知她竟猛然起身跳离，还用手捂着鼻子斜视着他，楚楚可怜的村姑瞬间变成一个桀骜不驯的野丫头。

“看你穿衣打扮像个公子一样，怎么恶臭龌龊比要饭的还脏？”她鄙夷地看着他。

他顿时面红耳赤，他忘了刚才涂抹的隔年发酵的臭豆汁并未清洗，又不便解释说明，只好苦笑着立在那里，任林间的蜂蝇在他的身边“嗡嗡”绕飞。

她好像走出了理亏的窘境，大大咧咧地把慌乱时倒出筐外的草药捡拾到筐里。

这种毫无矫饰的纯朴他是第一次见到，他隐隐约约感到他们还会见面。他说：“你可以走了，没人会治你的罪。”

“真的？”她有些不信，“你不会是憋着什么坏心眼吧？”

他笑了：“下次再来要是被人看见，你就说我让你来的。”她将信将疑：“你的话管用？谁知道你是谁。”他摘下佩戴的香囊说：“这里的人都认得它，它能告诉别人我是谁。”她接过后，开始似乎还担心上面也有恶臭的气味，但瞬间就眉开眼笑：“你这公子也真是让人捉摸不透，脚下臭得比狗屎都难闻，这香囊又奇香无比。看你斯斯文文知书达理的，肯定是个好人。”说完她把香囊扔给他：“这个东西我不能要，香囊多为寄思传情之物，郑旦曾有诗云：‘欲织双鸳鸯，终日才成匹；寄君作香囊，长得系肘腋。’你可别辜负了佳人牵挂。”然后她古灵精怪地乜了他的下身一眼：“身上是不是有狐臊？说不定我找些草药还能帮你治好。”

这倒令他喜出望外，这是一个让人感觉舒服却捉摸不透的姑娘，有行走山林的粗野，还兼通晓诗书的秀雅。御医说他的病现于体，发于心。而开心之药又到哪里寻找呢？莫非她就是上天派来给他治病的开心神医？他索性在一块石头上坐下，脱下鞋袜，露出还有豆汁残留的脚踝溃面，即使她不能医治，但却能让他放下太子的矜持让它暴露于光天化日之下。

“知道为什么臭了吧？”他从没像今天这样亲手做这些恶俗之事，他还把裹伤口的布条夸张地舞动着道，“我的脚上涂抹了陈年发酵的臭豆汁，据说能治愈我这瘙痒病。”

哦哟！她用手扇着飘过去的臭味，捏着鼻子看了看患处说：“真是瞎折腾，用脏东西赶走脏东西，不是越赶脏东西越多吗？这种病就是脏东西所致，要里里外外洗干净。”

他笑了：“这外面洗干净容易，里面怎么洗干净？”她叉着腰说：“怎么不能？要用药洗，用心洗。我家附近的野地里，有许多眼整天‘咕嘟咕嘟’冒着热气的汤泉，里面肯定有药，很多人身上的病都在那洗好了，你要是想去，明天我在山下的路口等你，说老实话，明天你想不想去？”

他打趣般地应承道：“想去，但找不到，你得来带路。”

她定定地看了他一眼，说：“言而有信乃君子，言而无信，不知其可。”说完背着药筐走了，一会儿就消失在密密麻麻的丛林中。

他嗅着她留下的淡淡的香气，心情像越升越高的太阳一般明媚。

3

萧遥为我订的高铁票终点站叫全椒，他说那里靠近香泉，沿途还有不少历史古迹，就不必再到南京转车，看样子他对那里挺熟。

我一到出站口，就看见有个女孩举着“欢迎虞莼老师”的牌子，见我疑惑张望，她就热情地过来帮我拉行李箱：“是萧总让我来接您的，我叫江晓白，叫我小江或晓白都行。”她嫣然一笑，露出满口好看的白牙，隐隐约约的馨香若有若无。看来萧遥已经把我的行程来意都交代好了，我也没有客套，跟着她上了车。

走的好像是连省道都算不上的县道，路不宽却也平坦，两旁的白杨树高耸稠密，树叶还是嫩紫色的没有变硬变绿，烦人的绒絮还没生成，躲在毛毛虫一样的花穗里。路两旁都是麦田和绿化苗圃，与一路走来的北方田畴无异。我就问：“萧遥说沿途有些古迹遗址，能看到吧？”江晓白一刹车，有些歉意地对我说：“我忘了介绍，全椒是清代小说家吴敬梓的故乡，那里是有些遗迹。还有刚才我们经过的那个写着‘官渡’牌子的地方，可能也算吧。”我问：“那里有什么呢？”她脱口而出：“可能就是三国时官渡之战的遗址吧。”我诧异道：“这是萧总说的？官渡之战的发生地是在今天的河南中牟，跟这没有关系，叫官渡的地方多了，云南的官渡古镇名气更大，他可真能扯。”江晓白脸一红，忙吐了吐舌头。我也顿觉浅薄，自忖嘲弄萧遥的同时也有些卖弄的成分。

气氛有些尴尬凝重，江晓白就开启了车内音响，居然是崔子格演唱的《琅琊榜》主题曲《红颜旧》。现如今，穿越、张冠李戴、关公战秦琼的历史闹剧很受热捧，可我哪会这些把戏，就对此行的结果产生疑虑。

江晓白征求我的意见：“要不要通知地方领导，特别是宣传部门的领导？萧总和他们都很熟，不管是萧总来，还是他们去北京，接待的规格都挺高。你是代表萧总来的，他们知道了肯定要尽下地主之谊。”我笑道：“千万不能惊动他们，我不是名家大腕，也不是大款投资人，写出来的究竟是成葫芦还是瘪瓢尚且说不准，低调做事吧。”

我入住的地方叫香泉旅游度假村，名字很大众。老板很热情，是萧遥的朋友，也姓萧，自称是昭明太子第六十五代孙。我思忖着这是萧家要搞寻根问祖的宣传片啊！行囊刚放下，他就把我和江晓白直接拉进包间，说天不早了，肯定饿了，先喝酒吃饭。

晚宴标准不低，有“长江三鲜”中的鲥鱼和刀鱼，还有本地的山珍菌菇及徽菜中的熏肉腊肠。由一位对当地历史掌故颇有研究的乡贤陪同，酒喝的是印着老板姓名的私人定制锡壶“古井贡”原浆琼液，这才知道老板叫一个很厉害的名字——萧珲。这酒也够销魂的，入口绵软，喝着很爽口入心。我也没有陌生感，相谈甚欢，四人喝了一壶（江晓白没喝），每人平均一斤酒，都有些醉。萧珲僵硬着舌头表扬我是性中情人，乡贤说错了，是性情中人。我跟着大笑，这酒喝得到位，好酒好菜又有好心情。江晓白看来和他们喝酒也不是一次两次的，一直压着不让多喝。老板萧珲就批评她不要跟着捣蛋坏了大家的兴致。她就直接警告我：“虞老师，你的老同学让你来，除了写本子还有个目的，那就是像萧统太子来这里治病一样，治好你的皮肤病。这样喝下去，八辈子也别想治好。”

萧珲笑着说：“晓白呀，虞老师的好心情源于你，你可不能马上入戏进入角色管起他呀，连皮肤病都知道，哪个部位呀？”江晓白的脸有些发红，她恼怒道：“你要是胡说，我保证他不会把这里写进去。”萧珲说：“那得看萧总怎么规划了，你也得听他的。”我迷迷糊糊感觉这萧遥在下着一盘棋，怎么布局我就不知道了。

第二天醒来已经快七点了，我刚碰到床头的开关，就听“哗哗”一阵窗帘轨道滚动声，顷刻间，东、南两面墙上的窗帘全部退去，映入眼帘的是外面的人工湖及亭台楼阁和远山近树，太阳早就高高升起，窗边枇杷树和羽毛枫枝头上的小鸟唧啾乱鸣。这真是一个神仙福地，昨晚喝多，怎么进来都断片了，更别说欣赏美景了。

我拍了拍还有些眩晕的头，看了看这陌生的环境，特意进卫生间看有无呕吐物，发现很正常，口杯、牙刷牙膏也用过了，好像也冲了澡，浴巾还散乱地丢在床前，行李箱也打开过，换了干净内衣，换过的衣物随便扔到沙发上，一大瓶依云牌矿泉水也喝了很多。

这时，江晓白打来内线电话，问我是到温泉游泳池去游泳，还是洗漱完就去吃早餐。她说知道我有晨练的习惯，建议我先去游一会儿，反正早餐要到九点才结束。

一会儿就有服务生过来引导我去游泳区。江晓白已经换了泳装在那等我。我有些惊艳，她的身材真的无可挑剔，高挑匀称又玲珑有致，暴露出来的肌肤晶莹紧致，在玻璃房里闪烁着圣洁温润的光泽。我有些心虚忧虑，怕皮肤丑陋丢了颜面，也怕细菌传染伤害姑娘的身体。她善解人意地催促我去更衣室：“没事，到这里的客人，有很多都是来疗养治病的。这里的水含硫量高，消毒杀菌，况且还不断有新水涌出排去陈水，放心好了。”

这个泳池确实漂亮卫生，三个用黄铜铸成的龙头，嘴里不断喷涌着热乎乎的地下温泉，水清见底，哪怕有一丝的泥垢都难以隐蔽，水温调得贴体舒适，下去后真有龙入深潭的惬意。

我游泳的经验来自儿时的乡野戏水，和泳池教练的规范姿势大相径庭。我对江晓白说："我游泳只为出力流汗锻炼身体，泳姿不好看，速度不及人，但我可以不停歇持续游下去，可以比赛时间啊。"江晓白说："行啊，咱就比试谁游得时间久。"

江晓白游泳水平近乎专业，蝶泳、蛙泳、自由泳都令在场的人喝彩叫好。我笑着践行着乌龟战术，狗刨、侧身泳（踩水）和仰泳（躺绵羊）三个姿势交换使用，不慌不忙，优哉游哉地游着。八点的钟声敲响了，江晓白吐着水花问我还行吗，我说再来半个小时吧。她气急："你这算什么，我都游了两千米了，想累死我？"

我说知道，这泳道只有二十五米，我一个姿势做一个来回，三个姿势是一套动作，每套也就一百五十米，我才做了七套动作，再来三套，今天首次游泳，就一千五百米吧。

"行啊，你。"江晓白有些惊诧，"还没见过你这么有韧性的，客人们在这里大多是做做样子比画一下就算了，你行。"

萧珲不知什么时候过来的："虞老师行的地方多了，就看有没有人去发现。"我听出这里面有点骚味，就打着哈哈说："你别再揭我的短，能喝酒也是被你们的气氛带的，昨晚醉了。"

早饭时我问江晓白的日程安排。萧珲说："上次和萧总谈过了，这里就是萧统那老祖宗洗浴治病的正宗源泉地，你就在这泡泡温泉，查查资料，寻找灵感，让你的文思像这泉眼一样朝外喷涌，写好就在这拍，吃住也方便。"

江晓白说："也不能把虞老师关在这里闭门造车啊。我先带着虞老师沿着萧统走过的'昭明小道'走一遍，对昭明太子的行踪先有一个感性的认识，这样写起来也能言之有物，胸有成竹啊。”我就猜想，这江晓白不会仅仅是当地的导游或度假村里的花瓶高管，文化底蕴还是有的，至于官渡之战古战场的错讹，估计是为了不驳萧遥的面子而已。

出了镇区，沿着香泉湖西行，一路湖光山色美不胜收，尤其是随处可见的山坡庙宇，让人想起“南朝四百八十寺，多少楼台烟雨中”，杜牧的慨叹在这得到了印证。从湖西转北，过了观音寺，就到了标有“昭明小道”的乡间土路，车子走了不到十分钟，过了一个叫高关的集镇，来到一片错落有致、沿山而建的高档别墅区。江晓白说：“这是某开发商开发的，占地三四万亩，仅园内水面就有两千多亩，是国内少见的生态化、规模化高档别墅社区。他们打的也是昭明太子的历史文化牌和温泉度假牌。”车子穿过园区，到了西北方向如方山的山脚下。江晓白停车，指着一条蛇形小道对我说：“那里就是当年萧统太子从萧家藏经寺出山到香泉洗浴的出发地。”

我坚持登山参观萧统旧居遗址。江晓白迟疑道：“时隔久远，加上抗战期间日军蹂躏，如今只剩下残垣断壁，真的没有什么可看的。”我笑道：“既来之则安之，就算春游踏青好了。”

这里现在是一处国有林场，东南坡凤凰垄上栽有大片的油桐树，桐花开始怒放，像凤凰展翅，主峰下面有处杏子洼，毛竹苍翠挺拔，沙沙声似藏千军万马。只是这被称作“萧家藏经寺”的古遗址，仅有一些破瓦烂砖杂陈其间，和经书垒摞、满屋书香很难联系到一起。江晓白见我面带失望，就介绍说：“《昭和县志》载，这萧家藏经寺又叫昭明院，邑人戴重在《昭明院》一诗中写道：‘萧家藏经寺，亦有读书台；竹柘滴空清，白云招手来。’昭明太子在此游历读书可不是萧总忽悠的。”

“那温泉沐浴、清心平疴是忽悠的喽？”我假装质疑逗她。江晓白有些当真：“唉，你是带着疑惑来的，看来你对你的老同学成见很深啊。”

4

晚上，御医又让太子涂抹那臭不可闻的陈年豆汁。他不想让老人为难。但在半夜时分，臭气引领着瘙痒提前而至，痒的程度有过之而无不及。他赌气般无视御医的忠告，把瘙痒处扤挠得鲜血淋漓，但越挠越痒，似有万虫钻心。他起身坐在床上，不顾紫黑的血污溢流，用力地拍打着病灶，声音响亮，惊醒了御医。御医看着他手脚都是血痛苦不堪的样子，一边为他热敷冷浸，一边愧疚地流下失职的泪。

他盼着天亮，想赶紧下山，随着那采药的姑娘去汤泉泡洗平疴。御医跪着婉止：“殿下，您贵为太子，怎么能听信乡野村姑信口诳言？况且路途遥远，未知凶险，若浩荡出行，皇上知道了，微臣担当不起呀。”

“我就一个求医问药的病人，有何未知凶险？难道你们就忍心这样看我生不如死饱受折磨？”他也苦苦地哀求，痛痒和心酸让他泪流满面。

御医也老泪纵横，见劝他不成，就让人去备鞍马。

他哭笑不得，区区十几里路，那姑娘日行往返多次，何必兴师动众招人惹眼？

御医以为然，就找来心腹侍卫，让其扮成陪读书童，叮嘱道："你可要寸步不离太子，处处多加小心啊。"

太子和侍卫来到山下时，太阳才刚刚升起。

那姑娘像随着阳光飘然而至，脸红扑扑的潮润，她望着他一身的白衣素服，笑着说："我还担心富家公子说话不算数打诳语呢。"

他让侍卫拿些银两给她，因为陪他去香泉，她采药肯定要耽误了。她急着朝后躲："不用不用，昨天我偷采的药又多又贵，赶上我好多天的收成。我带你去，治好病，你只要说话算数，让他们准许我过一段时间能进去采一次药，别治我的罪就行。"

侍卫一直警惕地冷眼观察，此时也感受到她的纯朴无邪，就催她引领上路。

一路都是浓荫覆盖绵延不高的山岭，正是草长莺飞杂花生树的季节，刺槐花、野杜鹃、野蔷薇、三角梅、连翘等随处可见，有野蜂在花丛中嗡嗡盘旋，倏忽即逝的松鼠和蹦蹦跳跳的雀鸟不时在他们的面前跑过。她领他们俩走的都是近道，虽然崎岖蜿蜒，但并不陡峭，身上的微汗刚刚浸出，就被一阵抚草吹叶的清风轻轻掠走。他和她边走边聊，知道她叫香菱，家就住在香泉不远的山下。

太子问她："你整日上山采药，谁教你识字读诗呢？"

她顿时两颊羞红道："我爷爷虽是乡野郎中，却是我们那里有名的读书人，跟他学的。"

日照东南的时候，他们来到雾气氤氲的香泉。

这是一处布满石头的不毛之地，方圆好几里都不长庄稼和树木，雾蒙蒙潮漉漉的像一个天外仙境，此时不见人的踪影，也没有虫鸣鸟啼，若有若无的流水声衬托得这里更加静谧。

香菱告诉他们俩：“别看现在这里空无一人，因为农人们都下地劳作去了，等到日落收工，成群结队的男女都会来这里泡澡洗尘，疲乏一天的身子别提多轻松了。”

太子和侍卫都很惊奇，这里有五六个泉眼都在“咕嘟、咕嘟”向外冒着热水，一股刺鼻的硫黄味道弥漫在原野中。有三个泉眼靠得最近，彼此相隔也就两三丈远。水流向着中间一个低洼的地方流涌，形成了一个天然的大池塘。池塘边的一块块大石头被人坐得光滑可鉴，石头与石头之间有一道道窄宽不等的沟壑，喷涌的泉水就沿着它们漫无目的地流向别的低洼之处。

侍卫嘟囔说：“这里连个遮羞的东西都没有，光天化日男男女女挤在一起成何体统？”

香菱把嘴一撇：“就你能，谁说男女挤在一起？这里是你们男的来的地方，远处那些是我们的，云山雾罩的，什么也别想看清楚。”

太子笑了：“这个时节还行，等到了秋风吹起，寒冬来临时，那还能来吗？”

香菱说：“没事，下着大雪来泡澡的多了，一泡一身汗，没事的。你赶紧下去试试吧。”

见他们面带羞意，香菱脸一红就到远处为他们望风。太子犹犹豫豫地宽衣解带，侍卫警惕地沿着池塘的四周巡视着。

等到双脚放进塘内，温热的泉水像电流一样冲向他的全身，瘙痒处先传来一阵轻微的刺痛，接着开始发痒，这是一种之前没有体验过的奇痒。他不顾一切地扤挠着，闭着眼全身战栗地重复着痒、挠、越挠越痒、越痒越想挠的恶性循环，他恼怒地睁开眼，发现经过清澈见底的泉水放大后瘙痒溃面触目惊心，一丝丝血迹在抓破的地方慢慢溢出，被不断涌出的泉水冲荡到旁边，不一会儿，钻心的奇痒渐渐缓释，血污也像被凝固止住，全身浸泡在这稍微热烫的泉水中，他体味到从未有过的舒适和安逸。他想象着痒虫此时在病灶区挣扎着、逃窜着，泉水中的神奇追兵在追杀着。他开始第一次超然物外看着它们此消彼长，感觉自己的皮肤开始不断地修复愈合，变得色泽红润而光洁。

他头枕着塘边带凹沟的温润的石头，第一次在户外香甜地睡着了。

不知过了多长时间，他被侍卫的问话惊醒：“你是干什么的？”

“问我？干什么的？我还问你哪来的呢？”一个陌生人的声音。

他赶紧坐起来，就见一个面色黝黑、个头粗壮的汉子，三下五除二地扒掉身上的衣服，冷不丁地跳到热水塘内。溅起的水花溅了他一脸。

“嘿，这里还有一细皮嫩肉的。”那汉子见他站起就笑了，“怪不得有人盘问我，是家丁护卫着主子呢，好啊，常来啊，不洗这水也都白白糟蹋了。”

他用眼神制止了侍卫的多心，笑了笑就净身穿衣。那人在水里一顿猛搓洗，上来用衣服简单擦了擦身，穿上一件大裤衩，赤裸着上身，扛着锄头哼着小调走向远处。

等了半天的香菱见他们过来就解释说：“农人干活出汗太多，中午偶尔也有人来洗一把，没事的，这里的人看到有陌生人来洗澡都很开心，成年累月就那几张熟面孔，他们巴不得能见到有身份的人。”

天过午时，侍卫问香菱近处有无酒肆饭馆。香菱又撇嘴：“到哪儿都放不下公子的派头，这荒郊野岭的，哪有你说的地方，就是有，卖给谁吃呀？”见他们俩露出愁容，她笑了：“我爷爷在家给你们准备了新鲜的好东西，就怕你们不来。他说公子说话是逗我玩的，我要是真的能把公子请进家，他让我玩两天，不用采药。”

香菱的家是三间躲在竹林山坡下的茅草房，柴门土灶，但收拾得很整洁，一条黄狗摇着尾巴把他们引进院子里。香菱的爷爷也就六十来岁，腿脚不大利落，见他们到来，憨厚一笑中带着喜悦和热情。他说：“香菱从小跟着我上山采药，在山野里野惯了，不像富家小姐那么懂规矩，但心眼实诚，答应谁的事就一定会帮到底。她说公子的皮肤有恙，让我一定帮助治好，我采药一辈子，仅懂得一点医术，不知能不能帮到公子。”

侍卫说：“免了吧，我们也就是来将就顿午餐，公子有御医伺候。”

“什么医？”老人惊问道。

“愚医，老是治不好，不是愚医就是庸医，还能是什么？”他瞪了侍卫一眼，引开话题。

老人看了看他挠破的创面说：“也不能那么说郎中，这做弓愿弓弯，做箭盼箭直，谁不想把事情做好？医者除了识病治病，还得教会病人自己去防病治病。就像这瘙痒，你不能只说再痒也不能挠，不挠能痒死人，谁会等死？还说病由心生，要保持快乐，这虽是实情，也是废话，哪个不想快乐，可遇见烦心事能快乐起来吗？要教会病人怎么止痒，要让病者去想方设法寻找快乐。”老人一边说，一边用些他叫不上名的草药兑着香泉洌水调和着药膏，涂抹到溃面时，一阵清凉直通他的心间。

香菱在灶房里“乒乒乓乓”地忙碌着，不时探下头看看太子是否满意她爷爷的言行。

香菱做的饭菜清爽可口，一盘盐水煮笋、一碟清炒百合，还有一盘炒山茼蒿和榆钱合子，一盆煮芋头黏润可口，十分美味。香菱爷爷说山珍海味不可多食，清除燥热是治疗瘙痒的根本。这些东西虽不值钱，可对身体有益。饭后，他让香菱去香泉给他们带点泉水回去冲洗创面。他笑着说：“要想皮肤早点好，每天香泉泡一把澡。但不能图省事让人来运水回家洗，没用的，再好的汤泉，离开本来的环境那疗效就差远了。”他建议太子每天都来泡个把时辰。

他最后笑着说：“你们还能品尝到我孙女更多的厨艺呢。”

5

“嘟”的一声微信提示，一个小魔女的头像在我的微信中亮出红点，昵称叫“勒逍遥”，那是卫虹的，名字是从“乐逍遥”演变过来的，由此可以看出，她对萧遥的感情是由以之为乐的珍爱转向勒索和要勒死他的愤怒和仇恨。

她和我有半年多没再信息互动了，她一直觉得我不够男人，从九十年代初进入大学，她对我和萧遥，基本是等距离。她中意我的身材、长相和性格的沉稳，又欣赏萧遥的幽默机灵和对命运的掌控；她讨厌我的温暾迂讷和不知争取，也不满萧遥的狡黠多计和投机钻营。我们仨分配到同一个城市的文化系统后的第三年，她好像要下决心在我和萧遥之间做选择，她说你们俩要是结合成一个人该多好啊。萧遥马上奉承道：“那就是极品男人了。”我说：“也可能是极品人渣了。”卫虹就开始疏远有人渣倾向的那一个了。

“在？忙啥？”卫虹和我的通话永远简洁并不带感情色彩。

我回道：“在，没忙啥。”

停了一会儿没动静，我就继续昭明太子相关文字的查阅和摘录。江晓白还把一摞昭和县政协编的文史资料和《昭和县志》搬来，上面除了三言两语的大事记略，还有一些民间传说。

“见到贼了吗？”她又发来一句。

“不怕偷，就怕惦记。”我多说了几个字。

“谁他妈惦记？贼？我？”

“不怕贼偷，就怕你惦记。”我回道。

“我？笑话！不过你也开始贼了，跟贼学的？早干吗了？”卫虹开始出现情绪化。

“有事说事，都这把年纪了，别闲磕牙，我不是瓜子。”我不想当着江晓白的面跟她扯淡。

她给我发了一个羞红的笑脸，说人家想你了。

我心中多少还是有些颤颤的，二十多年了，我一直盼着这句话，可在梦里她都没对我说上一句。如今听来就像喝了隔宿泡过的茗茶，凉哇哇、苦涩涩的。她和萧遥离婚后我不是没有过找她的想法，但她却跟着一个自称好莱坞导演的华人老头去了美国半年，回来对我说是去学习的，跟那人没有一点关系。萧遥说谁信哪？反正我不信。后来我也不信了。

她曾找我哭诉过，说萧遥的花心花肺花肠子，后悔当初没有选择我，还说我为了她守身如玉浪费年华，都四十多了还痴心不改。她希望我和她能再续前缘，用离婚所得的大笔金钱在北京重筑爱巢，气死萧遥。我当时一点也不感动，她怔怔地看了看我：“你难道真的不行了？人生一世，你就这么清汤寡水和尚一般地过着？我，和二十年前比，流失的是青涩干瘪，增加的并不是皱纹和老态，而是饱满和风韵，这些，你都能视而不见吗？”

那天我哭了，为我们曾经的纯洁和友谊死去而哭，也为自己真的开始不行而哭，从此我拒绝所有异性的关心和青睐，尤其是拒绝一切好心的相亲介绍。

没多久，我的腿弯开始出现丘疹，奇痒难受，我就扤挠，后来流血发炎，越治越厉害，夜深人静时实在难忍，我就跑到卫生间开起热水龙头对着瘙痒处猛滋狂喷，痒痛如同万千蚂蟥钻心绕身，不一会儿便被杀痒的快感代替，很有一种生理高潮到来的感觉。日复一日，就像饮鸩止渴，奇痒成了我挥之不去的梦魇，什么心思都没了。我也听信过医生的忠告戒过酒，但无济于事，后来我索性开戒，借着酒意有时还能多睡一会儿。

我和卫虹以后也见了几次面，并加了微信，彼此可以通过朋友圈了解对方的近况。她喜欢晒自己的美图近照和国内外游历，但很少言及个人生活和异性互动，也不再问我有无和“贼”联系。到了去年年底，她称“贼”为“油腻男人”，我讪讪答道：“还真是，三天不洗澡就觉油腻。”她回道：“不懂上网查查。”原来是形容中年男人的猥琐，不仅外观油腻，灵魂也油腻。

我告诉她我这油腻男人在安徽，为萧遥搞一个用来报备的电影剧本。

她马上警觉："昭和县？香泉？萧珲？"

我也惊奇，他们俩离婚五六年了，仇人一样，这事她怎么知道的？我给她发了一个"？"。

她回道："浑蛋有时也可能做点人事，不过你别自虐，我从没认为你是油腻男人。"再问，也就没了下文。

江晓白一直坐在旁边心不在焉地翻着材料，不时用眼角余光看我在手机上发着信息。见我有些怅然若失，就默默站起为我倒了一杯水："跟朋友交流的？"

我迟疑了一下："是，一个大学同学。"

"萧总的前妻？"江晓白若无其事地问道。

"嗯，你怎么知道？"我有些蹊跷。

她看了看窗外斜阳下的余晖，转移话题道："今晚我们到镇上吃点特色好吗？香泉镇不仅有温泉，美食小吃连南京上海的客人都慕名而来，淮南牛肉羹、香泉羊肉面、张公烩菜、萧氏灌汤包，家家有绝活儿，样样顶呱呱，《舌尖上的中国》在这拍了好几家呢。"

初夏的天黑得晚，开始我还担心和江晓白漫步在乡间小镇会招人瞩目，等进到镇区后才觉得想法多余。这是一座颇具特色的南北文化交融的古镇，既有徽派建筑的灰白古朴，也有江淮楼宇的玲珑别致，街道两旁，都是粗可搂抱的年长香樟树，巨大的树冠遮天蔽日，无风都有树叶响。几条窄仄拥挤的甬巷两边楼台林立，底层的店面都有随风飘动的幌子和大红灯笼，各色商品琳琅满目，美食集居区已经食客如云，满巷飘香，男男女女来来往往，屋里院外，京剧、淮剧、黄梅戏和流行歌曲竞相吟唱，其繁华程度不亚于一些地区的县级城市。

江晓白说香泉镇的形成得益于这些古老的温泉，除了昭明太子之外，很多有识之士都认识到温泉的有益之处，北宋元祐五年，主簿王大过发现温泉为“一方之利”，就开始修筑汤池，建设浴院和龙祠。一些商贾大户也以此为中心，购地建屋，从此开始兴盛，王安石、贺铸、张孝祥、汤显祖等文人雅士都纷纷来此洗浴留诗，明天去汤池还能看到很多文物古迹呢。

走到市民文化广场附近，就闻到明显的硫黄味。江晓白说，这个季节还不明显，到了霜降落雪的时候，到处热气腾腾，整个镇子都能嗅到这种味道，这里不仅有免费的大汤池，还有几个露天池子供群众涮菜洗衣。

羊肉面馆的老板娘认识江晓白。她挤眉弄眼地问：“谁呀？不错啊，高高爽爽的，一看就是个斯文人。”江晓白拧了一下她的腮：“叫你胡扯。哎，多放点肉啊，别老是宰自己人。”说完进去自己动手，端了一碟香干、一碟羊杂、一碟茭白和一碟酸菜煮青豆。她说今晚是她请客，每人三十块钱足够了，花钱不多还送了个大人情。

老板娘坏笑着给我们送来一铝锅羊肉面。江晓白说这次够意思，谢了，就给我捞面捡肉添汤。她说不仅不给我喝酒，香菜、香椿芽这些美味作料都不能给我放，那些东西是发物，会刺激我的皮肤。我心中滚过一种久违了的被人关心的感动，这餐饭美味爽口、贴心开胃，满满的一锅，我连汤都没剩。我发现，江晓白的眼中，有一种和年龄不相符的母亲般的温暖。

送我回住处的路上，江晓白突然对我说："你难道不想问我为什么知道与你交流信息的人是萧总的前妻吗？"

我愣了一下，就笑着说："你刚才不想说，所以我也没问。"她浅笑道："这个我们倒蛮像的，不强人所难，对什么都不争不抢。"我想起萧遥所说的佛系青年，也跟着浅笑。

她说："萧遥和卫虹以前来南京就会到这里，他们和萧珲除了生意上有交织，感情也不错，萧珲和他们常有数百万乃至上千万的资金短期拆借，很少见他们办过什么法律手续。萧珲为挽救他们的婚姻没少跑北京，在这里和萧遥也吵了不少，卫虹似乎很信任萧珲，萧遥只要说在这里和萧珲在一起，她就放心。去年春节前，卫虹来这里住了两个星期，萧珲让我陪她到褒禅山、鸡笼山、霸王祠和刘禹锡的《陋室铭》故址去看了看。她的心情似乎很抑郁，和萧珲吃饭时除了骂萧遥就是说对不起你。她说你对她也伤透了心，不会再回到从前了。但她很希望萧珲和萧遥为你寻找后半生的幸福。萧珲说你都油盐不进了，这个忙谁能帮得上啊。卫虹当时就火了，骂他们没上心，不动脑，非要整个相亲见面这种老套的俗戏？想想办法水到渠成多好，像江小妹这样优秀的女孩他能不动心？"她说到这忙捂嘴闭声，像是说漏了嘴，路灯下我也没看清她的脸色。我懂的，卫虹想让他们俩把江晓白介绍给我，这次活动安排，怕是他们也有此深意。

我虽然不想陷入这种并不高明的施舍般的交流安排，但并不影响我对人间真情的信服和敬畏。我更惊奇于自己为何有了想了解江晓白的愿望，这在从前是不可能的。我们那里每年都有新来的女大学生、女研究生，人才长相很多都不差于江晓白，她们对我有好奇，有敬重，也有青睐的，但我对她们一律视而不见，时间长了，她们也开始以为我那儿不行了。

6

太子和侍卫下山去香泉泡澡居然坚持下来，即使刮风下雨也没有中断。当地农人也都知道郎中先生收治了一个富家公子到这儿治疗皮肤病，因此他们去的时候农人们就很少来凑热闹。独享汤泉之乐，成了太子每天的期盼。那三个泉眼虽然相距不远，但水温和硫黄的味道浓淡皆不同，入水时若溃面奇痒，他就直奔最烫的那一眼，将溃面对准“呜呜”外蹿的出水口，让热汤灭杀那个可恶的痒魔。待瘙痒趋缓，他就移到另一泉眼处，那里有一块天然大石卧在水中，中间有一洼槽，被众多泡汤的人或坐或枕，磨得光滑柔润油光可鉴，他用手抄着水将石头上面的浮尘冲洗走，就眯缝着眼枕到石头上，看天上的日头或流动的云彩，间或也有一只或几只小鸟飞来，蹲在池边啜一口水，然后抖动着一身的羽毛，和他对视一眼就倏忽飞走。这时，他的身心一片滋润沉静，庙堂之高和江湖之远都游离出他的内心，溃面上新嫩的皮肉开始萌芽并向一起聚拢，还他一身洁净康健皮肤的日子似乎越来越近了。

御医也不再担心什么，他明显发现太子的脸色渐渐红润，饮食和睡眠开始正常。他说：“汤泉奇效固然重要，然日行数十里强身健体也是康复的原因之一。”太子心中窃笑，最重要的还有每天香菱为他用心做的午餐。

香菱变着法儿为他寻找她爷爷开出的清淡去火的菜蔬植物，蒲公英苗、车前子叶、柳树嫩芽、苦丁菜以及不知名的山野菜和木耳蘑菇。每次下锅之前，她都先用开水烫熟先吃，生怕有毒性伤害到他。曾经为太子提心吊胆的侍卫都被感动了，很多次都抢着试吃，他说香菱是真心为他们好。太子何尝不知她是真的为他好。

盛夏到了，每天太子去香泉的时间也提前到清晨凉爽的时候，往返时间也向后推迟。那日午饭后，香菱爷爷带着侍卫到后山竹林去采集竹腹中的水露，那是用来配制一味巩固除痒长效草药的引子，要砍很多竹子才能采集到。太子只好在此安歇等待，无聊地坐在树荫下的石凳上，呆呆地看着树上鸣叫的蝉儿。正午的天空瓦蓝幽远，几朵如絮的白云像被定在蓝天上，一丝风都没有，太子身上乳白色的府绸长衫渐渐被汗水浸淫，他正要起身去拿汗帕，却感觉身后有微凉的轻风吹来，回头看时，发现香菱正用一把竹篾扇子悄悄为他扇风去热。太子忙致谢，并要过扇子自己扇风。香菱犹豫了一下，就垂下眼帘把扇子递给他，默默到井边为他打来一盆凉水，把他的汗帕洗了洗给他擦汗。

他打趣道：“你怎么不开心哪？”她挤出笑容：“哪有不开心？只是有点担心。”他就问她担心什么，她嗫嚅道：“我盼着你早点治好病，少受罪，又怕你治好病就不来了。”

是啊，治好病，我还来吗？这些他之前还真没想过，他就逗她：“你要是怕我不来，我就不治好这病行吗？”她急得眼泪都要下来了：“那可不行，你得赶紧治好病，别的怎么都行。”

太子叹了口气：“哪有那么容易治好的。”

她就怯怯地问他："公子只要一闲下就好像心事重重，不知能否和我说说。我虽是乡野女子，也知道心里憋屈会闹病的。"

他苦笑了一下，他答应过御医和侍卫，绝对不能暴露自己的太子身份，那会招来很多麻烦和不测。见他有些犹豫，香菱轻叹了一声："我知道不该问，惹你不开心。"他说："没有啊，你没看出我多想到这来吗？"她看了他一眼道："我能看得出你有顾虑，唉，富贵人家也有富贵人家的难处。"她把头别向一边，眼角有滴泪珠滚出。

他不忍心伤了这个善良女子的恻隐之心，沉吟了一会儿，就按香菱的猜测，假托了一个富贵人家，把埋在心底的苦痛告诉了她。

他的母亲丁令光，是父皇驻守襄阳时相中的富家女子，被封为丁贵嫔。她的到来，结束了萧家后继无人的历史，他也因此成了梁国的太子。

父皇深爱着母亲，但母亲却病倒了。他守在病榻前近一年，孝心终未能留住母亲升天的脚步。他痛不欲生，不进米水，父皇敕令也未能把他从悲伤中带出。那日父皇泣道："你只知孝敬汝母，咋就不懂孝敬尔父呢？让父皇担惊受怕实为不孝也。"为了分散他的悲伤，父皇命他为母亲选择墓穴。

他和内臣们在风水师的引领下，跑遍了建康城郊所有的丘陵山地，最后在紫金山南麓选定了一块前水后山左右拱卫的风水宝地。父皇漫不经心地听完他的禀报后，毫不犹豫地给否决了。他说他已经选定了一块绝佳好地。原来他的贴身太监俞三副收受了栖霞山附近一财主的贿赂，蛊惑父皇前去选择财主指定的墓地，父皇年迈居然应允了，拨出巨额银两给那财主。近臣和道士们都蒙了，那地方地势平庸毫无帝王之气，后山难倚主太子不利。但皇（父）命难违，他又是以孝闻名，奈何？

他的近身宦官魏雅忠诚于他，魏雅背着他悄悄找到茅山一有名道士，垂询如何破解。道士和魏雅一起熬制了一个蜡质大鹅，埋到母亲墓侧的长子之位，谓之“厌伏”。据说这是巫术的一种，是用一物压一物调风水的方法来破解长子的不利颓势，并以此延长长子的风水瑞气。

那日父皇怒气冲冲地命他与其去母亲的墓寝。他蒙在鼓里不知何事，到了那里父皇就命人掘墓。他大吃一惊，挖掘家人坟墓那是惊世骇俗、闻所未闻的啊。想到母亲生前的贤良慈祥，想到她福地难寝竟然还遭掘墓惊扰，他顿时悲从心起，就跪在地上恳求父皇万万不可。父皇冷笑道：“看来你全都知道啊，现在害怕了？挖！”镐头锨锹雨点一样挖向墓寝，他的心随着疼痛滴血。他昏死过去了。等被掐醒时，他看到从墓寝中挖出蜡鹅等物件。父皇的眼里露出他从未见过的冰冷和杀气。他明白，利用巫术谋逆是宫廷中的第一大忌，所为者，重则诛灭九族，轻者也要废黜发配。他倒吸了一口冷气，但此时他没有一丝畏惧，他早就想追随母亲的脚步，到另一个世界那里去尽其孝道伺候她，皇位于他，不拒绝，也从不追求。

他的另一个身边宦官鲍邈之匍匐在地哭诉道：“太子真的不知，都是魏雅那贱人和道士所为呀。”其他大臣也纷纷跪地为他求情。他这才明白，鲍邈之一直妒忌他对魏雅的宠幸，是这阉人告的密。但他一点也不怪罪鲍邈之，只是想到魏雅从十二三岁便跟随他五六年，其命休矣。

那夜他高烧不退胡话不止，父皇似乎原谅了他，派太医为他悉心医治，五天后病情才开始好转，只是身上烧出的疱疹却怎么也消不下去，疼痛、瘙痒、溃烂、结痂、再痒、抓挠、再溃烂。父皇说，建康的天气不利于皮肤康复，到如方山萧家藏经寺去休养吧。

他谢过父皇的不杀之恩，也不再操心太子的职责，和父皇指派的御医、侍卫来到如方山，说是休养治病，也算作面壁思过吧。

香菱静静地听着他改名换姓的伤心述说，两行清泪不断地向下滑落。她见他缄默不语，才擦了擦眼睛说："妈妈不在了，已够可怜的了，那家奴也太坏了，还跟着挑事让你父亲嫌弃你，看来你和我一样，也是苦命的人。"

他的酸楚从心底向眼窝冲涌，真想把这个善良的女子搂到怀里痛痛快快地大哭一场。御医曾劝他："想哭你就哭吧，你内心有太多的郁结，大哭一场才能疏解呀。"可他哭不出来。

如今想哭却不敢哭，他面对的是无邪的好姑娘，不能把忧伤带给她。

气氛有些沉闷，树上的蝉儿叫得喑哑而单调，他望了望北山香菱爷爷和侍卫要归来的方向，想不出用什么话来让香菱能走出他带给她的担心和牵挂。

"咳，什么长子不长子的，不就是以后谁当家的事吗？你们富贵人家的规矩俺不知道，可当家有当家的难处，都说不当家不知柴米贵，不当那个家，还少操那份心，别太在意那些。你这病的病根就是不开心，要想活得开心，你就找点自己喜欢做的事。像我，最开心的事就是能找到一块别人没去过的山地，挖到很多别处挖不到的好的药草，到药店卖个好价钱，给爷爷帮人治病添味好药。"香菱为了哄他开心，居然拿自己打比方来开导太子。

真是善解人意的好姑娘！他也开始平复自己的情绪，笑着问她："你就这点喜欢干的事？就没有别的什么让你喜欢的？"

她歪着头认真地想了想，说："当然，还有能和自己喜欢的人在一起。"说完她定定地看了他一眼，两颊顿时绯红起来。他沉寂的心就像建康城郊开善寺打瞌睡的小僧被清晨第一声洪亮的钟声轰然撞醒，兴冲冲，晕乎乎。

想自己喜欢的人和事也能让自己忘掉不快和病痛。回到藏经寺，他吃过晚饭，听着山风掠过松梢的清凉呼啸，捧起多日未读的前贤典籍，心地清亮亮的豁达。是啊，在自己喜欢的人面前做自己喜欢的事才是最开心的，一个乡野女子的朴实忠告令他醍醐灌顶，久存于心，原来无暇顾及的编纂一部诗文选集的文坛盛事为何不能就此开始呢？

他又想起了父皇，那其实也是一位才华横溢、爱子如命的慈父。他在幼时，父皇就敕王锡与秘书郎张缵使入宫，不限日数，与他游狎，情兼师友。又派陆倕、张率、谢举、王规、王筠、刘孝绰、到洽、张缅来东宫给他授课伴读，此十人尽一时之选，是名噪一时的"东宫十学士"。除此之外，尚有殷芸、明山宾、陆襄、刘勰、杜之伟、到沆、刘苞、庾仲容、何思澄、刘杳、顾协与钟屿等先后奉职东宫，这些可彪炳史册的精英人物被悉数请邀，父皇为将他培养成一代明君，也算是绞尽脑汁费尽心思。

于国是不负皇恩，于家乃不忘父教，于师于友他也不该就此沉沦荒芜人生，梁国灿若星辰的文化天空，必须有一轮耀眼的巨制明月。

然而，从周代至今这七八百年间，经史诸子汗牛充栋，诗文歌赋佳作迭出，名家荟萃，浩若星空，若想选读精华，真的不知从何入手。归结起来，先贤们留存的文化瑰宝，存在着文史哲思不分体裁芜杂，立意记事不属辞章之作，口舌激辩难归翰藻之义。要整合梳理编纂出一部“事出于沉思，义归乎翰藻”的纯文学选集，靠他的一己之力在短时间内是很难做到的。

当朝文人高士与其无不亦师亦友，然志同道合者并不多，那刘勰出身寒门却才高八斗，所著《文心雕龙》提出“文载道，诗言志”，解析洪纤，开源发流，为世楷式，但与他的文学观却大相径庭。王、谢、陆、张等东晋望族后人虽才华横溢家世显赫，但他们骨子里的门户优劣标准肯定会影响到选文的公正。

不二的助手人选，就是彭城刘氏刘孝绰了。其先祖可追溯到汉高祖刘邦，与太子先祖兰陵人萧何虽为君臣但情同手足，刘、萧两家一直有着相同的价值观和亲近感。

一夜无眠，却无痒痛之感。他在晨曦中走出寝居，外面的天空竟是如此的美丽高远。

7

江晓白已经把公共大汤池中的种种拥挤肮脏混乱说了很多次。她说那个男性大汤池里也有大小三个泉眼，分大中小三个浴池，水温、出水量以及含硫量各有不同，水温最热的池子挤满了七八十岁的老人，中间最大的池子则为中青年居多，那个稍冷一点的浴池是人们上来时净身用的，夏季用得比较多。她再三强调，那里的环境真的不敢苟同，地面上的烟头、纸屑、塑料袋、痰渍随处可见，甚至还有小孩在池子中间大小便，负责卫生的老头根本无能为力，抱怨之后也就随他们便了。因为历史悠久，掌故很多，泉水疗效奇特，又是免费的，附近方圆几十里地的各色人等都慕名前来，昼夜不分，络绎不绝，从没有过净场无人的时候。不容怀疑的是那三个泉眼，确实就是当年昭明太子洗浴的正宗之地，水流大，热度好，含硫量适合人体，比附近所有温泉的水质都好，不像萧珲的度假村，说是温泉，其实是从外面用管子引到建筑物里，到了冬季最冷的时候，还要用锅炉加温。

这是一个初夏的傍晚，我吃过晚饭看天色尚早，就执意要到这免费汤池泡澡。江晓白说度假村的浴池干净卫生人又少，你去蹚那浑水干什么？我说在这泡了好几天了，这瘙痒顽疾没见收敛啊，想到萧太子的神泉那里试试。她说也是，你是该去当年太子泡澡平痾的环境体验一下。

走过市民文化广场，就看到两个露天温泉池塘的水面上漂浮着袅袅水汽，池子四周有很多妇女在那刷碗洗衣，一些赤脚的孩子在水中的台阶上蹦跳着，溅起的水花气得妇女叫骂。江晓白说，别看肥皂洗衣粉都倒进池子里，但洗菜刷碗一点也不脏，这水除了有杀菌消毒的功效外，漂浮在上面的东西瞬间就被新涌出来的泉水顶走。她和妇女们打过招呼，就告诉我汤池的位置，前面挂门帘的是女池，向南再走十来米就是男池了。

我穿过一条不长的窄仄小巷，来到写有汤泉字样的一个照壁面前，从左侧进到一个三四十平方米的小院里，墙根的地方摆满了一排黑色的塑料桶，尿液已经把桶沿浸渍得生垢发黄，从巷道吹来的晚风凉飕飕地散发着腥臊味。浴室分南大门和西小门，人们进进出出方便自由，根本不用花钱买票。虽是夏季，里面依然还有雾气，刺鼻的硫黄味提醒你这可是货真价实的天然温泉，两盏昏黄的白炽灯把里面乱纷纷赤条条的身体映照得模糊不清。我没有急着脱衣下水，拿下眼镜擦了擦，就开始观察这里的环境。据说这浴室是几年前镇政府重新翻建的，分男女两大间，各自面积约上百平方米。我眼前看到的男池，也就大小两个池子，用马赛克粘贴的浴池，四周池沿有不少都已脱落。沿墙用水泥预制板搭建了台子，上面也用瓷砖粘贴着，色彩芜杂斑斓，看不出上面的颜色，这是用来堆放洗浴者脱下来的衣物的。这时，浴室内人头攒动，方言浓郁的说话声在水汽和“哗啦啦”的泼水声中显得更加含混不清。我把目光放在搁衣台上，想寻找一处放衣服的地方，突然感觉脚下绊了什么，低头一看，一只健硕的牧羊犬正趴在那里耷拉着舌头，见怪不怪地看了我一眼，又转脸继续看着池子里的肉林人体，我不知哪个是它的主人，想必它也不见得看得清。

这些都是土生土长的本地人。江晓白曾说，南京和马鞍山市的人一般都是在凌晨时分来洗泡，可以避开人流高峰，主要还是为了水质干净卫生。我慢慢向翻滚着水花的泉眼处挪动，这时，一个五六十岁的汉子从池子里用双手掬起一捧水喝到口中，我惊得头皮一麻，以为他要喝下去，就见他仰起头来，口中发出“咕噜噜”的漱口声，过了约半分钟，他才低下头，把嘴里的水“扑”地吐到池子里，水面上顿时漂浮着一丝丝泛着白沫痰渍的污秽物，我觉得恶心，赶紧离他远远的，再看其他洗浴者，个个气定神闲，有的还和他打着招呼聊着天，毫无嫌弃厌恶之感。我正为这里的卫生条件担忧时，再看水面，新翻涌出的水流早就把刚才看到的漂浮物冲得荡然无存。

这里的水温稍高于体温，舒适杀痒，使皮肤润滑清爽。我从腿脚满池的人群中挤到那个最大的泉眼跟前，一股湍急温热的地下水流顺着脚踝直向裆部冲来，给了我一种从未有过的体验。我试图将脚朝泉眼深处放，但水流迸发的力量让我难以如愿。我只感觉到那涌动的水流涤荡着我的身心，这来自地壳深处的神奇仙水，用某种神秘的力量来赐福给被五谷杂粮喂养着的带病的众生。我感觉我体内的病毒和负能量开始在温泉中被稀释，被消解。我的皮肤变得紧致、柔软和健康，那个困扰我多年的痒魔开始萎靡、疲软、死亡。我内心深处沉睡的欲望也被水流冲击得开始跃跃欲试。我突然想起江晓白，不知此时她是否在女池中，若在，她会像我一样突发这么多奇想吗？

不断有人挤过来奔着新出的泉水，他们要么过来漱口洗牙，要么漂洗头上的泡沫，很少像我坐在池中静默浸泡，追想着当年萧统太子沐浴治病的所历所思。他们来的目的无非是洗去一天的汗尘和劳累，美美地享受干净清爽的夜晚生活。

出来时街灯已亮，市民广场上的音乐声正激发着舞者的脚步。江晓白和三个女子站在那里聊得正欢。我一向不好这样的热闹，就对江晓白说："我已经很熟悉这里的环境了，自己走回去就行了。"江晓白把我介绍给大家，细看她们，都是年轻的姑娘，其中一个着装相对职业的姑娘说："大作家不要太矜持，广场舞俗，我们就到'沙龙咖啡'坐坐吧。"我看了看江晓白，她的表情似乎很紧张，像是怕我拒绝。我微笑着说："好吧，恭敬不如从命。"江晓白很开心地跳了起来。那一刻我心中一颤，我年轻时梦中出现的那个女孩高兴时就是这个样子。

邀请我的那位姑娘像是她们的核心人物，坐定后她就自我介绍："我叫张燕，是镇政府的公务员。"江晓白笑道："张燕是谦虚，人家是副镇长，马上还要高升。"张燕就笑着打了江晓白一下，接着介绍了另外两位，一位是文化站刘站长，一位是中学的李老师。她说："我们和江晓白一样，都是土生土长的香泉人，大学毕业在外闯了两年，都回香泉了，感觉还是家乡好。"

我笑吟吟地看着江晓白，她的脸红了一下道："我知道你想说啥，你不是也没问吗？"张燕说："你们俩有戏呀，当着我们的面开始秀甜蜜？"江晓白忙辩解："别瞎胡猜，虞老师是说我这么长时间也没介绍自己究竟是干什么的，就请张镇长做个官方介绍吧。"

张燕将信将疑地看着我："这样啊？那我就介绍详细一些。江晓白，女，'80后'，毕业于上海大学人力资源管理专业，硕士学位，现为香泉镇招商办主任，主抓文化旅游招商和创意产业，负责香泉温泉的包装推介，现主要任务是为著名作家虞莼老师的采风创作提供助理服务，目前单身尚无牵挂，不知虞老师婚配否？"

江晓白和大家笑着推搡张燕。我虽然感觉她的介绍和对我的追问带有戏谑的成分，但依然十分开心，尤其江晓白是单身，还无牵挂，证明连在谈的对象都没有。想到这，我的心跳有些加速，脸色也有些羞红，这在以往，会被我认为是很可笑幼稚的年少不经事。

江晓白笑过之后正色道："虞老师是正人君子，很少开玩笑的。让他感到尴尬，影响了创作速度和激情，那可是你领导的责任啊。”我忙自我幽了一默：“别把我说得像不食人间烟火一样，我只是个讲究温度的写字人，脸老是板不下来，所以做不成老板，一直没成家，也就成不了大家，平素怕见官，因此做不了官。今天荣幸能跟你们年轻人在一起开心一笑，也可洗涤去我这中年男人身上的油腻。”

“哟，虞老师，你这话有深意呀，好像谁都喜欢大款大家大官一样，就不许有欣赏清风玉露高洁君子的纯情女子？你是想拉开年龄距离让我们称呼你为‘您’吗？你比晓白才大几岁呀？真是油腻男人，晓白才不会三天两头在我们面前情不自禁地说起你。实话告诉你吧，能挑动晓白眼皮的男人还真不多，有个死乞白赖从上海追到这里的博士，目前还在市里做处级领导，找了多少关系来做晓白的工作，可咱晓白就是不动心思。”张燕不顾江晓白的瞪眼捂嘴跺脚制止，连珠炮似的对我一番数落。

江晓白满脸绯红，借故跑到外面，另外两个人也哧哧笑着。张燕指着她们俩道：“你们还是晓白的闺密吗？光顾着高兴不替她说话，把得罪人的事都叫我干。”她转过脸对我说：“虞老师，你还没来香泉之前晓白就曾跟我们说起你，你的几个和晓白有业务来往的朋友曾有意无意在她面前提起你，对你赞誉有加，想介绍你们俩相识。我们觉得这事不靠谱，这个眼界高得超过琼楼玉宇的公主，他们那云山雾罩的三言两语就能让她动心？谁知她居然很当回事，上网查找你的身份介绍和作品名录，还从不同侧面了解你的为人，连你患皮肤病的原因都略有知晓。我们都奇了怪了，这个冰清玉洁、才华横溢的女孩，凭什么对一个素不相识的中年男人莫名其妙地痴迷起来？要知道，喜欢她的优秀男生多了去了，为何对你情有独钟，而且义无反顾地加入那几个奇葩导演的这幕别开生面的相亲戏中？见到你以后，她更加坚定了自己的判断，一厢情愿地爱得不能自拔，总是寻找机会和我们说起你，说你磁性的声音和不凡的谈吐，说你知识的广博和作品的高雅，还说你口气的清馨和举止的优雅得体。天啊，我们都嫉妒得不行，这是只能在经典唯美的爱情剧里才能看到的桥段，这是陷入痴情恋爱状态女孩最常见的幸福病态，她是要人与她分享难以宣泄的喜悦和爱情的甜蜜啊。"

我听得瞠目结舌，这绝不是乱点鸳鸯谱的即兴恶作剧，而是蓄谋已久、用心良苦的成人之美，参与者众，用情之真倒令我始料未及。我不喜欢拉郎配式的相亲，也不排斥亲情友情作用下的喜从天降，但见多了婚姻方面的爱恨离合，我一直以为我的爱情之火早就熄灭，复燃的可能性几乎为零，因为不会再有哪位令我心仪的普罗米修斯会为我送来火种。不承想，这个貌美如花、心高气傲的江晓白，居然把我看得如此高大神圣，我也有了久违的心鹿乱撞，这难道真是昭明太子在冥冥之中为我提供的爱情保佑？我求助似的看了看另外两个女孩，她们正泪水涟涟地看着我，入戏一般向我频频点头。

"虞老师，好好珍惜在香泉的日子吧，用心抓住江晓白，祝你爱情创作双丰收。"张燕很官方地叮嘱我。

8

太子和侍卫回到藏经寺的时候太阳还高挂西天，御医禀报说刘孝绰中午就来了，酒喝得多了，还在西厢房睡觉。他不好抱怨御医。刘孝绰这个老先生可不好伺候，他年长太子二十岁，孤傲不羁，恃才傲物，盛气凌人，“东宫十学士”除了他自己没有谁能被他看进眼里。他和到洽都是彭城同乡，学识资历也在伯仲间，但他从不给到洽好脸色，常挑其诗文中的败笔在宴会的大庭广众之下嗤笑之。到洽出身贫寒，曾经挑粪浇过菜园子。一次众学士宴饮，到洽说他看好一块地，但主人不管出价贵贱就是不肯转让。刘孝绰就笑道：“你为何不挑些人粪尿放到他的窗户下，让其饱受奇臭之扰，你便可得手矣。”众皆大笑，到洽却恼记心怀。刘孝绰喜贪美色，省亲时带回一小妾，香喷美艳，常得意于同僚间。到洽就劾奏他“携少妹于华省，弃老母于下宅，大不孝也”，结果刘孝绰被免去廷尉卿。太子念其才高思捷，与他亦师亦友，遂请父皇恩准留于东宫做太子仆。此次召其来如方山，不知能否琴瑟和鸣弹奏出知音心曲，助他完成文选的整理编纂。

晚饭时，刘孝绰酒意尚浓，又命随从再备酒菜。他端着酒樽对太子道：“一进如方山，颇似入仙境，群群白色的蝴蝶循着我的马蹄留香，一路相随，午间酒酣，梦中偶得佳句《咏素蝶》，说来请太子殿下一哂。”太子知其诗善于托物言志、寓景抒情，此情此景，必有传世佳作爆出，遂催其吟诵。刘孝绰抿了一口酒，眯缝着蒙眬醉眼，用筷子击打着桌沿，摇晃着脑袋吟咏道：

随蜂绕绿蕙，避雀隐青薇。
映日忽争起，因风乍共归。
出没花中见，参差叶际飞。
芳华幸勿谢，嘉树欲相依。

太子的眼眶开始湿润，脑中顿时浮现了一幅蝶随蜂游图。白色的蝴蝶翩翩飞舞，遇到鸟雀赶紧躲藏，趁着日光竞相腾起，顺着风势悠然返回，在花丛中时出时没，于树叶间上下翻飞。他懂得，此诗借素蝶的顺境逆境，表现的是自己现实生活的悲欢浮沉。其实他又何尝不是呢？最后两句直抒胸臆，抒发了他与太子志同道合、惺惺相惜的情怀。太子心中一阵舒畅，不顾御医的劝阻，执意要与刘孝绰痛饮一杯。侍卫适时提醒道：“香菱姑娘为了医好您的痒疾，援葛藤攀缘到悬崖顶峰采来草药，佐以香泉浸泡，才有今日痊愈的迹象，图一时欢愉而弃多日医治，窃以为不足取也。”

他悻悻放下酒樽，对刘孝绰尴尬道：“痒魔扰我经年，今遇贤人祖孙医治，又得香泉神水沐浴，顽疾已现痊愈端倪。且把今日之豪饮，留与愈后《文选》告成庆功再喝吧。”

刘孝绰借酒疯癫，笑道：“太子勿以臣之好而误其诊，贵体为要。然殿下患小病实得大福也，幸有三得，一得美姝润焦心，二得香泉浸病身，三得《文选》天下珍。明日起，我要观美姝，泡香泉，跟随太子纂《文选》。”说罢，举杯邀月，击节引吭，慨叹山间清风凉爽祛暑，明月皎洁醉人，比起那建康城的酷热混浊，真仙境也。

次日行程依旧。走十几里的山路他早就习以为常，而刘孝绰却大汗淋漓、气喘吁吁。来时他让其骑马随行，刘孝绰正色道："君臣之道乱不得，焉有臣子骑马、太子步行之说？"他们就走走停停，本来用时不多，今天却走了一个多时辰。

香菱焦急地等在拐向香泉的岔路口，见到刘孝绰先是一愣，接着红脸低首问安道："难怪迟了时辰，原来来了一位老财主，我回去需多准备些饭菜。"刘孝绰撸了撸汗津津的宽大水袖，爽声笑道："是老了，是老了，可姑娘别叫我老财主，我只是个陪伴公子读书的老书童。"香菱低头咯咯甜笑："书童哪有这么老的？"就对太子赧然一笑，飘然回家备午餐去了，留下一路的馨香，让刘孝绰吭吸着鼻息望着她坏笑。

香泉神水和香菱的厨艺颠覆了刘孝绰昨晚对如方山的赞誉。他在返程的道上献言道："君之疾见于表而藏于里，表里共治方为根治。前些日多为治表，治里之日乃臣辅佐您完成《文选》千载功业之时。然若编纂治里与浸泡香泉治表相向不悖，时间和路程乃大碍也。臣以为，速于香泉旁青山侧建文选楼，食宿于此，编纂治疗两不误也。"

次日午餐时，太子将刘孝绰的建议说与香菱爷爷。老人想了一下道："秋日将至，天就变短变凉了，疲于奔波又有雨雪不测，确实不是长久之计。然寻地造屋需要时日，离此处不远有一张氏老宅，房阔院大，家人都去了建康，只有一老仆看门，可否临时租住些日子？"香菱拍手赞同："这样我就可以做更多好吃的给你们了。"转眼她又有些忧虑："你们不在如方山，那公子答应让我上山采药的话还算数吗？"太子哭笑不得："我们吃了你做的好饭这么久，还没给你报偿呢，那山上的药材都是你的。"香菱说："俺没有那么贪心，不会天天去的。”刘孝绰看着香菱，又望了望太子，懒洋洋道：“我真的累了，不行今晚我们就先住在老先生家，明天我就去谈房屋租赁之事。”太子知道他的心思，沉下脸道：“没你想的那么急，回去再议不迟。”

第二天，刘孝绰就让侍卫把太子的行囊打包放到马背上，侍卫战战兢兢地看着他，他假装未见，一如往常步行前往香泉。刘孝绰饭后对香菱爷爷说：“我真的走不动了，公子今晚暂住你家一宿，我就骑马回去了，租房的事一定，我们就搬过去。”太子佯装不同意，刘孝绰却骑马走了，侍卫一脸懵懂愤怒，他以为这是犯上作乱。太子却对他心存感念，刘孝绰是最了解他的人。

香菱开心得难以言表，晚饭后亲自给他收拾床铺，从宫中带来的蚕丝蚊帐她从没见过，她拿过来他的枕头香芯贴在脸上认真地嗅着，露出幸福陶醉的神情。她用香椿木桶给他打来洗脚水，执意要为他洗脚。他不忍心她这一整天为他不厌其烦地操劳，就婉拒她。她赌气似的说：“我就是喜欢帮你做这做那。”就把他的脚按到水里，一手抓着他的脚踝，一手轻轻为他搓洗着。她边洗边看着他脚踝的瘙痒区，眼神满是心疼和焦虑。“怎么还没好利索呢？你快点好吧，不行换到我身上吧。”她自言自语地祷告，让他的心颤颤地酥麻感动。宫内佳丽如云，蔡氏也是千里挑一，但像香菱这样让他动情动心的却没有一个。父皇常说他文有余而武不足，王者必须凌然霸气所向披靡，包括男人的阳刚驭女。但他真的少存此念，整日目不斜视，与蔡氏也是相敬如宾寡淡例行。他离而立尚有几年，男人引以为傲的阳刚之具却是他不愿想起的地方，它沉默慵懒，连亢奋的热情都很少，除了充当排泄的通道，似乎有些与世无争。他以为这辈子可能都会在这种波澜不惊的君子性情中终老一生。他曾和御医探究过，太医说一切正常，关键是你的心静如死水，需有风雨才能掀起波澜。可他经历的风雨还少吗？是什么样的风雨才会让他卷起惊涛骇浪？就像是现在，就是眼前的香菱吗？要不然，为何一向萎靡不振的地方如今竟热烘烘地蠢蠢欲动？他低头看着专心为他洗脚的香菱，她的脖颈颀长若藕，绒毛闪着如金似银的柔光，胸脯挺拔颤微，阵阵的体香绕他鼻息，他情不自禁轻轻地抚摸了她的乌发。她似乎心领神会地抬起头，那双水灵灵的大眼羞涩妩媚。他怜爱地看着她："香菱，难为你这么用心对我，我不知怎么报答你。"她的脸红润美艳："我一个乡间女子，能遇到你这样和善的贵人，也是我前世修来的福分，我知道自己能做什么不能做什么，我什么都不图，只要心里喜欢。"

美丽善良兼知书达礼的女人，他觉得除了他的母亲不会再有了，父皇为他选定蔡氏的时候警告他："别拿你母后做标杆，若此，你也要像父皇一样文韬武略、文气霸气齐全。"香菱的骨子里，泛漾出的还真有母后身上特有的东西。他恍惚于她们二人的身份飘忽中。当香菱倒完洗脚水回来为他放下纱帐准备离开时，他好像怕要失去似的猛然拥抱着一脸惊诧的香菱，把头埋在她馨香温热的怀里，幸福而畅快地抽泣起来。

香菱轻轻拍着他的后背："公子，你心里的苦要吐出来，没事的，能换回你开心幸福，香菱做什么都愿意。"

他开始情乱神迷，两手不安分地在她的身上游移，香菱的身子一开始木木地僵硬，此时则柔软如水，她的口中呻吟着如兰的香气，目光无神而散乱。这时，隔壁传来香菱爷爷似不经意的咳嗽声。

香菱忙把他从怀中推开，她整理了一下不整的衣衫，满脸羞红低头道："公子早些安歇吧，我给你和爷爷倒杯蜂蜜水去。"

满屋都是香菱的味道，来此已三月有余，和她相识后每天的点点滴滴都涌入脑际，她的一颦一笑竟是如此清晰。他睡意全无，索性披衣起身来到院中。屋外月光如水，用竹枝扎立的篱笆院墙在月色中透出斑驳陆离的亮光，有一个蠕动的东西攀在篱笆上。他近前端详，原来是一只蝉在那里艰难地蜕皮。他悄然退回，唯恐惊动了这个生命短暂的生灵。或许明日阳光给你轻薄透明的羽翼，晨露让你饱饮午间高亢的能量，但秋风已至，此时你还破壳而出，能给你灿烂韶华的时间真的不多了。

父皇评价他的诗有伤感萎靡之气，吟咏之物多寒蝉朝露夕阳冬蚁，让他学曹孟德"横槊赋诗"的沧海大度。他知其中肯，回屋后即研墨赋诗《蝉赞》：

兹虫清洁，惟露是餐。
寂寞秋序，咽嘶夏阑。
定伊不美，曜彼华冠。

清晨起身，发现篱笆上仅剩下空荡荡的蝉蜕。他沿着蛇形小道步入屋后的竹林，竹叶飒飒，凉意习习，秋天的脚步愈发近了，那脱壳的幼蝉未来的命运不由得他不伤感。等到日上林梢，热气开始灼人时，他的心境就开始通透明亮起来。

回到屋内，他的床铺已收拾得清清爽爽，香菱的馨香弥漫了整个空间。昨夜没收拾的诗稿已归放到位，一只蝉蜕放在上面，旁边的一枚香笺上，四行娟秀小字赫然在目。

秋虫出夜间，生死意阑珊。

愿得一时鸣，不枉来人间。

这是香菱的附和之作，同样是咏蝉，但她的字里行间，流露的却是一种高昂无畏，一个小女子的胸怀，让他汗颜。

9

张燕把江晓白对我的一往情深说穿后，我既喜且忧。我没有她想的那么好，很怕她熟知后的对比失落和失望。我还很小人地往坏处想她，她和萧遥、萧珲的关系真的那么纯洁纯粹吗？那个追到这里来的博士和她曾经到了怎样的程度？那晚我从沙龙咖啡回来，满脑都是江晓白的影像在放映。我觉得这喜悦有些突如其来，我还没有获取的充足理由和承载条件，需假以时日给人给己以各自真实的面目。

我把情感的火苗压成拼命工作的浓烟，仍一如既往地和江晓白保持着工作关系。她有时会向我投来暗含幽怨的目光，说话办事不像之前那样地无所顾忌。我和她说话也开始斟词酌句，唯恐拨旺或者压熄我们俩之间那让人心动的火苗。

每天我都去浸泡温泉，我越来越爱上这个大众聚合的赤裸裸的场所。我已不再有固定的时间，几乎每个时间段我都体验过。凌晨是城里开车族追求干净人少的时候，清晨是镇区居民晨练后的清洗时分，上午则成了退休职工和农村老人的消遣时光，深夜却是在娱乐场、酒馆酣畅之后青年的好去处。在这里可以听到各种真实的声音，直面无遮掩的真相。一个多月来，我熟悉了小镇的每一个角落，听懂了这近似南京方言的爽直表达。我的过敏性皮肤开始变得光洁起来，瘙痒病灶日渐缩小，痛苦之痒也渐行渐远，创作进度则不断加快。

江晓白很少耽搁本职工作，她近期似乎在和一个北京的策划团队对接关于申报特色小镇的事情。我已走完了材料收集和场景体验的阶段，现在正全力以赴向完稿目标冲刺，就很少有事情麻烦她。而她似乎感觉到我离开这里的时间越来越近了。

早晨我从温泉回到度假村的时候，萧珲说："你去体验几次也就行了，放着这里的水清人稀干净卫生不用，跑到那里跟乡野村夫厮混，你是去看光屁股展览的吧？"我笑着说："你这里不接地气，温泉要的就是从地下冒出的地气。"他说："晓白来了，在自助餐厅等你。"

有一段时间江晓白没在这陪我吃早餐了，我去时她正动手为我煮面条，她知道我的口味。她说吃完饭想请我和她一起去见见北京的几个专家，看他们忽悠出的这个特色小镇方案是否靠谱。我说："门外汉去看西洋景，看不出门道只能看热闹，还是请你们书记镇长把关定夺吧。"她有些赌气似的说，我这关不过，他们就别异想天开。

专家们原来也住在这里。见面是在萧珲的小客厅里，市发改委的一个处长陪同。他再三向江晓白强调，郑主任十分关注这个项目，来的这几个专家也是他的朋友，他把全部的人脉和信息资源都倾注到这里，郑主任这两天要回上海主持他带的研究生的论文答辩，不然他会全程陪同的。来的几个也都赞叹郑主任为了香泉的发展真是竭尽全力，他们也是被朋友的执着感动，才放下珠三角地区一些地方催着要的项目，优先策划香泉特色小镇的。

江晓白不是我想象中的招商办人员，她没有一丝的曲意逢迎，寒暄也优雅得体，尤其对那个没出面的郑主任连句感谢话都没有。北京的一位专家打开 PPT 开始讲解。屏幕上顿时出现了“南朝烟雨小镇”的字样，一下子就吸引了我的眼光。这出自杜牧诗《江南春》——“南朝四百八十寺，多少楼台烟雨中”，比起之前广为宣传的浙江“梦想小镇”“文具小镇”等，有厚重的历史文化底蕴，又有诗意浓郁的旅游特色，香泉的精髓应该说被抓住了。

PPT 做得很唯美，首先映入眼帘的是国内外著名的特色小镇景观，瑞士的达沃斯小镇、法国的普罗旺斯薰衣草小镇、美国格林威治对冲基金小镇、杭州西湖云栖小镇等，各有特色，再看下面的内容，就知道是套用的固定模板，特色小镇相关概况、建设背景、建设内涵、建设原则、建设创新要素、建设瓶颈和障碍……用到哪儿都可以，到了建设定位这一栏才开始沾点边，是历史文化温泉旅游小镇，有点一篮子装的意思，建设参与主体说得也很高大上，用 PPP 运作模式，即政府支持、资本参与、平台支撑、企业主体。讲得头头是道没有一点错误，但如何操作却不得要领。

江晓白拿着铅笔认真地看着听着，完了后她看了看我：“虞老师，你对这个方案怎么看？”我没想到她会对我搞突然袭击，她的眼神却是满满的信任和期待。这些特色小镇很多我都去过，它们的建设也非一朝一夕，这种说瞎话编故事要政策骗资金的急功近利如今大行其道，特色小镇成了筐，什么东西都往里装，忽悠改名叫策划，骗子摇身变大师，我听了不少也看了很多，但万变不离其宗，归结起来还是要落实到他们这样做图的是什么。我直截了当地问道："这个策划应该说无懈可击，我只有几点质疑：一是方案如何能够立项审批？二是建设实施的资金如何保证？三是地方政府要提供什么政策或财产担保？"江晓白望着我，长吁了一口气，我所质疑的，似乎也是她关心的。

一个很少说话的秃顶中年人清了清嗓子说："这些你们不用担心，我们是专业的策划团队，你们可以到网上查一查我们成功的案例，为我们站台背书的单位和领导不便告诉大家，我的意思是请你们放心，我们还真的没有办不成的事。至于怎样使梦想变成现实，说白了，两个途径：一是我们只负责方案策划和项目审批，别的不做深度介入，我们仅收取工本费和公关费三百万元，合同签订后，除了支付前期的运作成本，剩余部分待批文下发后付清。另一个是全程介入模式，我们帮助运作建设资金和设施建设，但政府需提供一平方公里的建设规划区，核心区第一期不得少于一百亩。"说完，他点开电脑，香泉镇的镇区现状图跃然墙上，他拖动鼠标，在图上讲述着各个功能区的建设规划，第一步的开发和拆迁正好把大众温泉列入其中，一个温泉度假休闲综合体坐落其上，上面有"天下第一汤"五个大字，据说正是萧统当年手书，我找了很多地方没有找到，这个不知是真是假。

江晓白这次倒很直接。她对秃顶说："香泉应该说早就是特色小镇，只是没能得到国家层面的政策扶持，我觉得第一个选择不错，若能得到审批，我们可以在完善设施、增强功能、拓展领域、提高档次和效益方面做锦上添花的工作，这既能体现原有的传统特色风貌，又能避免画蛇添足的重复建设，节省资源资金。具体实施，可以委托第三方与你们对接完成材料申报和费用支付，地方政府给你们提供全方位的支持。至于费用额度，这个好商量。第二个方案无法实施，建议搁置不议。”

秃顶讪笑道：“郑主任果然慧眼，小江主任虽不是香泉党政主要负责人，如此大的项目亦敢选项拍板，佩服！不过，我们最感兴趣的却是第二个方案。”秃顶的话里虽有讽刺意味，但却也道出我的担心。江晓白并没表现出什么难为情：“赋予我多大的权力，我就该有多大的担当，第二个方案真的不可行。”陪同的处长赶紧站起身笑道：“郑主任来时叮嘱我，他也倾向于第二个合作方案。”江晓白沉下脸：“你告诉你们的郑主任，我多次拒绝了他，劝他不要再抱任何希望。”秃顶嬉笑道：“哦，郑主任好可怜啊。”

江晓白说：“你想多了，我是说，第二个方案的吸金之处在于水源充沛、水质优良的大众温泉，那里地处全镇黄金商圈地段，不知有多少投资商希望进行高档次大规模开发，包括如今度假村的萧珲董事长，但历届党委政府的态度都十分明确，封建王朝都没有据为已有收取浴资，到了共产党领导的时候再交给开发商向老百姓收取洗澡费用，良心上说不过去呀。若有开明开发商能把大众温泉那三四亩地剔除还汤于民，可以考虑开发。你们能找到这样的开发商吗？”说完她又莞尔一笑：“如果认为我人微言轻，你们可以跟领导直接洽谈，我这就为你们安排。”处长不时偷偷瞄我，这时笑着对江晓白说：“我一直以为这位同志是坐镇的领导，现在看又不像，不知怎么称呼？”江晓白未加思考道：“我男朋友，来看我的。”

我惊得脸红汗出，江晓白鼓励地看着我。处长和秃顶面面相觑，忙说：“开发的事回市里向郑主任汇报一下再说。”

江晓白一整天都没有离开度假村，她没有表现出我预想中的羞涩，没有对我解释，也没有一丝的冲动和幸福感。我不知如何化解这份尴尬，只好面对电脑茫然不知所措，一个字都敲打不出来。

“虞莼，你真的是愚蠢吗？”江晓白终于憋不住了，她眼中噙着泪水，“你是真的对我没有感觉，还是心中有梗，吐不出内心的真情实感？我也是有尊严、很骄傲的女孩，张燕的话已经表明我对你的爱，刚才的大胆表白是我亲口所说，而且面对的是那个郑主任派来的说客。你对我到底是什么态度啊？”

我的内心翻江倒海，从没经过如此真挚火辣的爱情表白，不知如何回应。我呆呆地站起来，头脑一片空白，全身僵硬，嘴里涩涩发干，舌头也不听使唤。我的样子好像吓着晓白了，她怔怔地走近我，泪水串串滑落。她的嘴唇翕动着，呼吸急促。我想向后躲，但怎么也挪不动。江晓白如兰的呼吸气息在我的鼻息前越来越重。我冰封的躯体开始渐渐融化，皮肤也有了松弛的感觉，干涩的眼眶开始发潮，从心底涌出一股热流，泪腺开始润滑我的眼球，很少有过的泪水慢慢爬出我的眼眶，内心的门轰然开启。我想叫晓白进驻，张开双臂，猛地把她搂进怀中。我冲动地用嘴在她的头上拱动着。她泪眼蒙眬地抬起头，把嘴凑向我的双唇，那股甜馨，就像毒品令我瞬间上瘾，我想，这辈子怕是戒不掉了。我真的想说，晓白，我的亲亲，我爱你！但就像有一只手在我的喉咙里猛拽我的舌头，我怎么挣扎也喊不出那句心里话。她哭了：“虞莼，我爱你的愚蠢。你也爱我吗？”我拼命地点着头，两齿碰撞，我的舌头洇出缕缕鲜血。晓白用手绢为我擦拭：“你真的愚蠢到有爱不敢叫出来？”

在送江晓白回去的路上，她告诉我，那个市里的郑主任其实是她的师兄。她读硕士时他读博士，他研究的方向是“竞争理论”，他是和另一个师兄共同爱着她时竞争得胜的。她在享受着短暂幸福的时候，又有一位女同学爱上他，他鼓励江晓白与其竞争。她静观了一段时间，居然自动放弃，这令他很不满意。硕士毕业后，她不愿再读博士，他屡次争取重归于好，她理都不理。在上海工作两年后毅然回到老家，为的就是避开他。他为了接近她，通过人才招聘渠道，应聘到本市发改委任副主任，从事宏观经济研究和大项目对接。这次来客已是他介绍的第三拨儿，都点名要她接待洽谈，他说要给她创造政绩。

“我让你参加并当众宣布我们的关系，就是让他死心，我的真爱是你。”江晓白把头搭靠在我的肩上，我把车停到路边，我们一阵热吻。

路灯明灭朦胧，蝉儿还在啼鸣，热烈的夏天到了。

10

他们搬至张宅那天，香菱有些依依不舍。她看到随来的御厨、杂役，苦笑着说：“这下好了，不用吃我做的粗茶淡饭了，我也该专心上山采药了。”太子的心也七上八下、五味杂陈，和她离得近了，反而不能像从前那样堂皇接近，他又能有什么理由和她朝夕相处呢？

香菱爷爷还不时前来给他送一些外敷的草药，察看患处的康复状况。老人似乎变得少语，来去匆匆，连询问香菱近况的时间都不留给太子。那天临走在门口时，太子听他对刘孝绰说："公子的病情康复滞缓，要是反复就麻烦了。"刘孝绰就把老人请回太子的寝处，他当着太子的面对老人说："公子这些日子神思恍惚、夜不能寐，虽天天浸泡温泉，然康复滞缓，我看在眼里，急在心上，说白了吧，公子是在惦念香菱姑娘。"

他没想到刘孝绰会直截了当地揭出自己的病因，有些羞怒。老人叹了一口气："我那孙女，这几天也茶饭不思瘦了很多。可，可，唉！"刘孝绰说："老人家，你都看在眼里，公子和香菱姑娘确是郎才女貌、天造地设的一对璧人，我斗胆向您提议，不如让两人珠联璧合生活到一起。"

老人勃然："我孙女虽出身乡野，却也是知书达礼的黄花闺女，真若有意，也须经父母之命媒妁之言，只要公子与香菱两情相悦，老夫也不在意为妻还是做妾，但明媒正娶这一点是万万不能忽略的，不知公子能否做到？"

他张口结舌未敢承诺，如此大事必须经父皇首肯，至于蔡氏，她就是情有不甘，也不会公然反对的。想到父皇的威仪，他的心开始向下沉落。老人没有为难他，对他和刘孝绰说："我也想让香菱来此照料公子，可名不正言不顺啊，洗衣做饭也用不着她呀。"刘孝绰遂喜笑颜开："老先生不用担心，你说的这些事有下人去干就行了，我和公子整日编纂诗文，疲惫劳顿，很需要一个研墨誊写的帮手，我看香菱姑娘字迹娟秀，心灵手巧，先来做个书童吧，至于长远美事，待公子禀报后再做决断。”

老人喜出望外，他哆嗦着嘴唇拱手答谢：“仰仗祖上积德，能让孙女得到公子青睐。”

这一夜，是他移居此处睡得最踏实、最香甜的一夜。

香菱来到他面前时，他的心颤颤地疼痛。几天不见，她明显消瘦了很多，眼眶黑青，明亮的眸子有些暗淡。她直勾勾地看着他，泪水开始涌出：“公子，我还担心你要忘了我呢。”他把她拥到怀里：“我怎么会呢，你知道，你在我心里是逃不掉的。”

刘孝绰对香菱说：“我像公子这般青春年少之时，早就左拥右抱、妻妾满堂了，如今公子孑身一人远离家室，姑娘该抓住公子的心，切莫辜负了这青春大好年华。”香菱臊得满脸通红：“先生这是要逼我离开这里吗？”

他和刘孝绰遨游在上万册的诗文海洋中，分门别类甄别选辑，香菱整日脸色红扑扑地饱览这些她未曾见过的瑰宝，有时都忘记研墨了。她的气息弥漫在他的身边，钻进他的五脏六腑，身心协调气韵通畅，每天去香泉的时间虽然不长，但他的瘙痒之痛已真真地根除了。

秋去冬来，北雁南飞；杨柳枯黄，芦花飘荡。太子把身子浸泡在温热的露天汤池中，看着溢出的水流流淌到不远处的池塘里，那里也在冒着热气，耷拉着脑袋的蒲苇支棱着一根根褐黄色的绒棒子，有只小鸟振翅在棒子上面，脚丫划开了棒子身上的棉绒，寒风一吹，绒絮满天飞舞，吓得鸟儿“啾”地远遁。平静的水面上，成群的凫在一潜一冒地嬉戏着，间或扇动着张开的翅膀，把沾在羽毛上的水珠抖落成如雾的小水滴。细看，有几只鸳鸯混迹其中，它们洁身自好，专注于自己的伴侣，或四目对视，或结伴漫游，全然不理会凫们的轻浮散淡。

他突然有种强烈的愿望，要是能和香菱在这里泡温泉，该是人生中多大的开心事啊。温泉冲击的环流绕着他的下身，像是有一只无形的手在撩拨着他的性点，少年时梦中才有的懵懂亢奋高潮渐渐袭来。他很紧张，双手捂住羞处避开环流的抚摸，他的脑海中香菱的形象怎么也驱赶不走，她的体香随着氤氲之气在他的心中掀起滔天巨浪。他的皮肤发紧，全身僵硬，一股憋在体内的浑天真气在积聚膨胀，在寻找爆发出口。

回建康过春节的日子一天天近了，香菱也紧张起来，那天她蜷缩在他的怀里怯怯地问："你的顽疾都治愈了，回去后还会回来吗？"他信誓旦旦，她依然喟叹："再回来不知是不是现在的你。"他也不敢给她任何承诺，她的担心令他忧心忡忡。

父皇对他的选辑标准和部分遴选篇目大加赞赏。似乎前嫌冰释，看他的眼神都是慈祥和怜爱："统儿胖了，更健硕了，更具大丈夫风采了，看来如方山的萧氏福荫滋润了你不少。"他趁机禀报了香泉汤池的独特妙处，并隐隐约约地说起冰雪聪明、貌美如花的香菱。

"哦？有这么神奇的汤泉和温婉的佳丽？"父皇兴致很高，漫不经心地翻着他的编纂提纲，"你是到了该振奋男性雄风的时候了。但父皇提醒你，山上的野雉色彩斑斓、漂亮可人，下的野鸡蛋也美味异常，但你千万别想把野雉带回宫里，因为这里只能养血统高贵的凤凰。"说完意味深长地看了他一眼，就跟他专心致志地谈起《文选》的编纂事宜。

作为太子妃的蔡氏，对他的例行宠幸仅是不温不火的享受，他的脑中浮现的都是香菱，在他错位高潮到来的时候，蔡氏竟然喊道："我是香菱。"他颓然停止，蔡氏嘤嘤道："你在梦中老是喊着香菱香菱的。"

秦淮河的元宵花灯勾起他更多的思念，他想尽快启程去昭和香泉，但又怕看到香菱那羊羔一样无辜的眼神，也无法回复香菱爷爷探究的询问。他也尝试着要对父皇坦承他对香菱的挚爱和难舍难弃，求得父皇的恩准能把香菱带回宫里，但一想到父皇一言九鼎说一不二，顺从惯了的他纵是万般的理由也无胆力争啊。

刘孝绰无视到洽的再次劾奏，把可人的小妾带着随行。她和香菱厮混得火热，也淡弱了香菱追根究底的寻究。

香菱和他说话少了，她刻意避开和他单独相处的机会。那天他质问她为何躲着他，她低头苦涩一笑，随口吟诵了《诗经·鄘风·相鼠》："相鼠有皮，人而无仪，人而无仪，不死何为？"他心中痛愧，这不仅是香菱的品行自律，也是对他的鄙视和谴责。

又到了春末夏初的季节。香菱对他和刘孝绰说："爷爷的身体每况愈下，连给自己开的药方都无药可抓。我得回去采药了，我的未来在山上。"当天她就回去了。他呆呆地枯坐在书房里，头脑木木地混沌不开。刘孝绰也坐立不安，不停地唉声叹气。他的小妾躲得远远的不敢言语，偌大的宅院都沉浸在战战兢兢的死寂之中。

11

我和江晓白的爱情不像想象中那样干柴烈火，这关键在于我的迂讷温暾。晓白也不想一蹴而就，我们的话题大多是围绕剧本创作。太子和香菱的结局我一直不敢确定，我不想写成封建礼教和等级观念害人的爱情悲剧，这种从古至今沿袭的故事臭满了不知几条街。但史实如此，你又能杜撰出什么新鲜玩意儿？

我对江晓白说："我救不了香菱，她是那么至真至情，和心上人诀别她能苟活于世？萧太子郁郁寡欢，失水于玄武湖受伤殒命，估计也不会与思念香菱无关。我要去趟南京，泛舟玄武湖，和昭明太子进行一次穿越时空的灵魂对话。"

晓白说："我开车送你吧。"我说："不用了，我从全椒上车，南京火车站下面就是玄武湖。确定好思路后我就直接从那儿坐火车去北京，和萧遥确定一下本子到主管部门报备的事。"

"你不再回来了？"晓白有些惊讶和不舍，她的眼神中有了一层抱怨。我心里涌出一句"两情若是久长时，又岂在朝朝暮暮"，但话到嘴边又咽了下去。

晓白把我送到全椒，进站时我想拥抱她，但又怕大庭广众之下被人笑话。她似乎懂得我的心思，递行李箱时用力握了一下我的手，眼里雾蒙蒙地说："你欠我的。"

到玄武湖时约中午十点，太阳还是热辣辣的灼人。我在古南都酒店订下房间后就从玄武门进去，租了一只小船，直奔湖中的梁洲小岛。那里是昭明太子的游玩读书处，据此命名。我问摇船的大嫂："昭明太子萧统采莲落水的地方大概在什么地方？"那女人说："谁知那瞎编的鬼话是真是假，等会儿到梁洲买本旅游册，那上面有介绍。”

湖上的风没有一丝凉意，散落湖中的小岛上柳丝低垂，蝉声喑哑。小船经过一片荷花区，有蜻蜓在荷叶上飞舞，荷花有的谢落，露出多孔的莲蓬。荷花旁边，又有一片泛着紫红色的菱角，那元宝形的菱角用手剥开，露出流着乳白色汁液的嫩肉。我想象着当年昭明太子和宫姬们泛舟湖上，吟唱着“采莲南塘秋，莲花过人头，低头弄莲子，莲子清如水”，见到这菱角，他肯定会触景生情，思念起百里之外的香菱。那是怎样的一种撕心裂肺和失魂落魄，不掉进水中那才怪呢。

我顺着梁洲的银杏大道走走看看，想得到有关萧统太子意外惊喜的愿望看来是很难实现了。我回到宾馆简餐后洗漱一下，怡人的空调温度让我昏昏欲睡。我拉上窗帘，躺在床上翻看着手机百度百科上的“萧统之死”。

这时，似乎有人敲门，我睡眼惺忪，起身开门。来人是位演员，有些眼熟，好像刚刚从外景地回来，一身古装还没卸。我一下想起来了，是某宫廷剧中的太子扮演者。

落座后我仔细观察他的造型：他身穿绛红色的官袍，头戴一顶藤篾编制的九旒冠冕，冠冕表面浮罗绢黑漆，镶以金圈金边，冠冕的两侧有梅花金穿，贯以金簪，一副标准的太子装扮。我问他是随哪个剧组在此拍戏，跟昭明太子有关吗？他似乎有些不屑：“别再胡乱编派糟践我了。我今天来找你是想告诉你，史书记载和民间传说关于我的死因无一正确，尤其是说父皇反对我迎娶民女入宫的强硬更与事实不符，历史的真相，你想知道吗？”

他说："父皇始终惦记的是我编纂《文选》的事，至于我在香泉和香菱的苦苦相爱他根本就没上心，他笑拒香菱入宫也就是那么随便一说。但我却牢记于心，对香菱再也不敢心生娶意，香菱也看不到爱的尽头。我第三次返回香泉才得知，香菱在埋葬了爷爷之后，就在汤池不远的一棵松树上用红绫蒙头上吊了，张宅管家唏嘘道，姑娘性善，死得安详不吓人。

"回到建康，我又重新陷入灰暗孤寂的幽暗之中，我的瘙痒顽疾又卷土重来。《文选》编纂大功告成之日，我一头趴倒在书案上，喉头一阵发咸，一口鲜血喷涌而出。

"父皇一脸的怜爱和忧伤，他认为我是积劳成疾，让御医和我再回香泉洗浴治疗，特别告诉我，那个叫香菱的姑娘可以迎娶入宫。

"是我害了自己，害了香菱，而致我于此的是那不争不抢的佛系处世观。"他猛地拿起我的手机对着地板摔去，"我要告诉世人，爱就大声喊出来。"

手机落地的声音一下把我从梦中惊醒，我眯瞪着眼在有些昏暗的房间内回想着梦中的情景，泪水情不自禁地滚落到床单上。我拉开窗帘，窗外的太阳已开始西斜，一团乌云镶着金边开始包围着它。我再也压抑不住对江晓白的热切渴望，把摔到地板上的手机捡起，毫不犹豫地拨打了她的电话。手机只响了一声，晓白就战抖着声音迫不及待地说："是虞莼吗？"我赶紧说："晓白，你先让我说，快来接我回香泉，我要娶你，我要用一生一世爱你。我知道我再也离不开你了，我要大声告诉世界，我爱江晓白！"

江晓白在手机的那边哭泣着，"嗯嗯"地答应着，我在这边决堤一般地咆哮宣泄。她不停地说“虞莼，我爱你”。最后她说：“请你开开门好吗？”我茫然打开房门，就见她哭成泪人一样地站在门口，她一头扑进我的怀里号啕大哭：“我不想离开你，我怕你不高兴，就和你坐了同一列火车到南京，我尾随着你住到这里，我怕你会变成当代的昭明太子，我要抓住你，不能失去你。”

这时，窗外炸响了一声惊雷，不一会儿就传来了风声雨声。

天地间迅速弥合成一体。

康定城外

1

这是一次处心积虑的长途旅行。

我叫程鹍，旁边是我的女友，叫华蝶，虽然她从来没有亲口承认过。

我开着一辆“哈弗”越野车，我对这名字情有独钟，一直想能到那里读书，还差点成行，但为了这个女人，我放弃了，如今只能望车兴叹。

她还是那么双眼蒙眬、面无表情地坐在我为她改造在副驾驶位置的轮椅上，任凭我唠唠叨叨地跟她介绍这条具有画廊之称的 318 国道上的一处处美景。

今天是国庆第一天，一出旅馆我就觉得大事不妙，仅从成都市区上高速这两公里，就用了一个半小时，我昨晚特意赶到离收费站不远的这家旅馆，起得还挺早，但已是黑压压一片堵车。

国庆出行堵车堵心是连傻子都知道的事，但更傻的人越来越多，还是前赴后继地犯傻。我自觉还算聪明，执意提前四天上路，我的老板忧心忡忡地看着我说：“非要那么急？你可耽误我大事了，你这下半年的奖金就用四天来换？”我笑着说：“世界那么大，奖金不算啥。”老板勃然大怒，挂了电话。

我到4S店为我的哈弗做保养，那里都是宝马、奔驰、宾利等，还有一些更高档的车我也叫不上名字。师傅说：“这几天太忙，你这车到高速路口找个修车换胎的维修点看看就行了，甭浪费钱了。”我“啪”地甩出一沓钱：“少废话，又不少你一个子。”

我要的就是一种神圣感和仪式感。出行时，我拉着华蝶来到人民广场318国道的起点，把她抱下车来，塞给她一面小国旗，让她坐在车下面照了正面、侧面、背面各个角度的照片；然后，我拉住一个一脸不屑的路人，恳请他为我们俩合了张影；最后，在众目睽睽之下，轰响油门，向着西天驰去。

别了，上海！我有一种“风萧萧兮易水寒，壮士一去兮不复还”的悲壮苍凉。

不要以为我要搞什么挑战自我、说走就走的任性川藏自由行，此次的终点目的地不是西藏，到康定就结束了。对，就是那个煽情、纵情、滥情的情歌滥觞地，《康定情歌》的摇篮康定城。

我是在请好假、保养好车以后才告诉华蝶的。那天晚上我给她喂着饭，装着漫不经心的样子对她说：“明天我们就去康定，去看看那个让你变成这个样子的鬼地方。你开心还是伤心？”华蝶好像打了一个呛，眼睛开始盯我，我有些发毛，好在她马上又低下头，任凭我给她的嘴里塞填一些打成糨糊的青菜鱼肉。

那夜华蝶好像抽搐了几次，我把她的头慢慢扭向我这边，在微弱的灯光下，我看到有滴泪水溢出她的眼眶。我五味杂陈地把头抵向她的脸颊，将那滴泪水舐去，有股酸涩的味道弥漫了我的全身。

车子一路西行。华蝶坐在轮椅上有些烦躁，我知道那是因为不舒服。我就说："你只能坐在上面，你大小便失禁，坐在那里好处理。"哎，因为她，我每年车辆年审都要被折腾一番，后来有个小报记者写了一篇《轮椅上的爱情》，表扬我为了照顾爱人，改装副驾座为轮椅，为的是让心爱的人能够领略外面的风景，呼吸到自由的空气。从此那张报纸就成了我的护身符，上海的警察很少再找我的麻烦。

从上海到康定将近三千公里，我打算用五天时间走完，基本能够避开长假堵车高峰。出了青浦就到了湖州境地，很短的时间就到了安徽的地盘，我对华蝶说："坐地日行三千里，这才多会儿呀，就穿过了沪、浙、苏到了徽地，翠竹青青，杨柳金黄，真乃天堂啊。不过安徽这段路挺长，好在是第一天，我们加把劲，争取把它走完。"于是，我们就在安徽的最后一站岳西住了下来，推华蝶下车时，天还是灿灿的大亮，她似乎要举手搭凉棚看看西天的云彩。我笑了："你想咏诵徐志摩的《再别康桥》啊？我们要去的是康定。"

轻轻的我走了，正如我轻轻的来；我轻轻的招手，作别西天的云彩。那河畔的金柳，是夕阳中的新娘；波光里的艳影，在我的心头荡漾。

我看着华蝶苍白的脸颊上那片被夕阳金光映照得透明的茸毛，低头在她的耳畔忧伤地吟诵着。

2

我是谁？这是在哪里？

四处混沌不开，不知有多长的时间里，这个世界没有光和影，没有天籁与乐音，有的只是不成形的金星和怪叫的噪音。

间或会出现天崩地裂的恐惧和轰响，黑沉沉、亮晃晃，刺目的线条不规则地交织对映，天地间拥挤憋闷、光怪陆离。

我曾一次次挣扎，憋闷得想长吼一声，每当我准备偷偷把积攒下来的那点力气用来呼喊时，就有一双无形的大手猛掐我的喉咙，顿时我就全身瘫软，犹如一摊无骨的腐肉，有一群绿头苍蝇遮天蔽日地萦绕在我的周围，嗡嗡威胁。我心中的闷气怎么也吐不出，任凭它们龇牙咧嘴地咂咬并拉下生蛆的细菌。

终究还是绝望，我心灰意冷地闭上眼睛，沉睡在肮脏污浊的黑暗中。

这是不是我？又一阵刺耳的尖厉噪声刮骨般将我的眼皮翻起，在翻卷的乌云和白絮间，一个影子似的僵尸飘飘忽忽像是失去了地球的引力，不知所去。

噪声似乎疲惫了，变得喑哑遥远，宇宙大舞台的射灯也熄灭了。飘忽的乌鸦翅膀一样的黑雾慢慢弥漫了我，惊恐万端之时，有个恍惚变形的人伸手摸我的什么地方，同时又有一个熟悉的声音开始重播，那声音悠远缥缈，像是冥间鬼魅绝望的自言自语：“你都这样三年了，你能哭，能眨眼，为啥就不能和我说话？我就不信我临死之前也不能听到你对我说句爱。”

爱？这是最动听的一个字，它令我再一次感觉酥软。这是仙界乐音吗？

身体又开始摇晃起来，随后像是被什么拽住，那个纸片样的人把我竖立起来，黑暗中，有束光邪恶地刺向我，我想举手遮挡，可手被恶魔反剪。那个声音又吹到我耳畔，再别康桥？康定？乌云的缝隙中有多彩的蝴蝶飞舞，它们渐渐靠拢凝聚，一个陌生而又似曾相识的山城和哗哗流水在我的脑中昙花一现，再要凝视捕捉时，又倏地不见了。

还是在飘，我没用一点力，也没有一点力，我在天际随着云峰雾谷颠簸起伏，自由而无助。

“华蝶，我们又要出发了。”那个声音又开始聒噪。这声音程式化地枯燥，如同日复一日的家常唠叨。我很烦，我想听到撕心裂肺的激情呐喊，那会让我的灵魂死水漾起一阵稍纵即逝的微澜。我不知华蝶为何物，又觉得它在我的耳边像是回响了数千年，我讨厌这东西磨茧了我的耳膜，让我迟钝麻木，但要是听不到又很悸怕，在深不见底的洞窟中沉沦时，是这声音拽我出来，在高耸入云要被外星空吸走的时候，是它把我拉下来。它有声无形，有着持之以恒的坚持和忍耐，对我诱惑很大，我对它有着莫名的依赖和信任，即使我会报之撒娇似的冷漠和虐待。有多长时间了？一年？十年？一个世纪？这时，一个热烘烘的身子像是贴住我，我被冰冻了的身子有了一丝温暖，我的身体也随之翻动起来。我知道这都是梦幻的虚境，咸鱼可以翻身吗？不知道。但在冰库里冰冻多年的鱼，人们让它翻身也是死鱼。

又堵车了！那个频谱缺少曲线的声音又响起。我死命地苦思冥想，堵车？苍茫天际，浩瀚无垠，空阔太空，行星堵车？那就撞击，撞出一个皓月当空、群星璀璨的新天地，省得铁幕一般的宇宙死气沉沉看不到一点光明和希望。紧接着我的身体像是真的被撞了一下，没有惊悸和痛感，我好像是早就经历了恶劣于此数倍的险境，对惊吓的免疫应该是波澜不惊。

四周像是响起哪辈子曾听到的"嗡嗡"轰鸣，那个纸片一样的人在我的身边开始捣捣鼓鼓，我轻飘飘的身子被他拨来拨去。"你呀，又尿湿了。"是啊，这句话也耳熟，接下来应该是在我的身底换块干燥的白云，刚才还有些湿漉漉沉重的身子又开始干燥轻盈。那人手脚麻利地将什么东西塞进一个包里，对我凄然一笑："我这没有回应的独占之爱尽享了三年，该知足了，但我真的累了。"

我突然感觉心酸，这话好像很伤人。

"好了好了，我不说了。"那声音好像带着触角，在我的眼眶边上擦拭着。

3

有些浑蛋戏谑我是接盘侠，我心甘情愿。我爱华蝶，爱得自觉、自然、自虐。就在我求爱无望眼看就要去国离乡到哈佛的时候，我的机会来了，华蝶和她的男友高亢利用十一长假驾车去康定观看跑马山情歌大赛后，还要去新都桥拍婚纱照，没想到经过折多山时翻车遇险，高亢骨折住院半个月出院，而华蝶却因小脑撞击损伤严重一直昏迷不醒，在华东医院康复中心治疗了半年，最终确诊为植物人。高家付了医院二十万住院费，给了华蝶母亲五十万补偿费，就声明与华蝶再无关系。那个总是用蔑视的眼光睥睨我的半老徐娘，这时却一脸的愧疚："小程，难为你这大半年每天来陪小蝶，你是真爱小蝶的，阿姨成全你们，这五十万留给你，小蝶就拜托你了。"我说："算了，我能养活她。"就把她背回我在五角场里弄中的出租屋。老女人还算有良心，临走还把五十万中的三十万换成存折，掖到我的席子底下。

从此我的生活中充满了药味和酸腐气息。我把去哈佛选定的"生物纳米材料"研究换成了交大"神经科学和工程"研究，同时进入频频向我抛来橄榄枝的一家制药上市公司。我要为华蝶的监护、治疗和康复提供前沿理论和实践，当然还要有经济依靠，同时，我掌握了中医穴位理论和按摩实践，学会了荤素搭配打糊鼻饲的饮食护理。我可以为她挂水打针、更换导尿管并翻身挪位，我不会让我心爱的女人患上褥疮和其他并发症的。在春和景明或秋高气爽的日子里，我甚至把她抱上轮椅坐上汽车到太湖、松江、杭州湾等地去踏青、赏秋、观海。

我不认为华蝶是真正意义上的植物人，充其量也就是 PVS 患者。她虽然完全失去了对自身及周围环境的认知，但仍有睡眠—觉醒周期，其丘脑下部及脑干自主功能完全或部分保存，我常联系的哈佛老师还建议我为她在左胸处植入小型刺激装置，不断刺激她的迷走神经。有些药物和设备国内并未引进和批准使用，我冒着巨大的道德和法律风险，亲自为她植入尝试。

我把自己的荣辱得失包括生死都和华蝶捆绑在一起，所有的试验和努力，我觉得都是为了自己，责任自负。

但这一切都徒劳无功，华蝶没有一丝康复的迹象。半年前我又做了一个肝囊肿手术，我是背着公司偷偷做的，那是一个对肝功能要求相当高的研发公司，我怕失去这份高薪位置。我知道这很恶劣无耻，但我得有钱照顾这个没人再理睬的活尸横肉。最近我的脸色焦黄、全身乏力，肝区经常疼痛难忍，老板认为我是照顾华蝶累的，就让我回家找她的父母，凭什么三年如一日地无私伺候她？我跑到东方肝胆医院找了一位朋友，化名做了一次详查，几个关键指标还没出来，但凶多吉少，我心里有数。我让朋友替我保密，结果出来发到我的微信上就行了，我不想再来这里承受各种惊吓。我不怕死，可我不想在医院被折腾得人不人鬼不鬼的，我最大的担心是死后华蝶没人管。我想趁着体力还行，带着她一起去康定，从那开始我们俩的天堂之旅。

《死了都要爱》，我觉得台湾摇滚乐队信乐团的这首金曲是为我唱的，我自认为我对华蝶的爱虽然有些卑微，但崇高而悲壮。

我和华蝶是同学，从上高一开始就暗恋她。到高三时开始疯狂地追求她，班主任担心影响我学习，常找我谈心："你的成绩那么好，考上清华北大没问题，学校还指望你破纪录呢。"我说："爱是激发我努力学习的动力，我不会受到负面影响的。"果然，那年我成了我们县的高考理科状元，华蝶也为我高兴。她的成绩也不错，她说她准备报上海华东理工大学。我毫不犹豫地把志愿填给了上海交通大学。

大家都认为我们这对金童玉女会修成正果的，谁知华蝶的妈妈却横刀夺爱。这个中医院的医生，整天抱怨自己瞎眼找了一个农村出身的同学，三天两头要应对来找她看病、借钱的农村穷亲戚。华蝶的爸爸虽然升任卫生局副局长，却长期生活在她的呵斥和鄙视中。如今女儿要蹈她的覆辙，那怎么行？那天我拿着录取通知书兴冲冲地去找华蝶，被她的妈妈一阵迎头痛喝："就你？一家穷坑，学费都成问题，未来能在上海买房买车？我的女儿，北电、上戏的学生都很难有她的身材容颜，又是一枚学霸，你能配得上吗？求求你记住这句话，有一种爱，叫放手。"我本想华蝶会挺身而出为爱直言，不承想，她居然面无表情在那拨拉着新买的手机和笔记本电脑。

我奢想能和她一起去上海报到，谁知她在开学的一周前，就坐着她爸的专车先去无锡、苏州游玩。她的QQ上整天都是湖光山色、美食美景。

我是在开学后的第五天去了理工大找她。她的手机换成上海号码，据说是靓号，我就根据她的专业找到她的宿舍楼。宿管阿姨不让进，我死乞白赖地央求她上去通报。不一会儿，就见她妈妈下来了："我早就知道你这癞蛤蟆会不死心，我就待在这等着你，我女儿不喜欢你，你死心了吧？一个男人，要有脸面。"

从那天开始，我整个学期真的没再去找她。其他同学告诉了我她的号码，我也没去烦扰她。我用高考时的劲头努力学习，我要考验自己的自控能力。

再次见到她是在寒假，我们几个同学相约去看高三班主任。在操场上，我远远看到一个亭亭玉立、披着长发的红衣女生在用手机自拍。我的心一颤，是她，一缕馨香随着呼啸的西北风酥麻了我的全身，我不知道是不是虚幻的嗅觉作祟。

大家簇拥在班主任周围诉说着大学生活。她很少说话，也一直没拿正眼看我。中途她接了一个电话，回来跟大家说，她妈来接她了。大家看着她远去的背影，我知道我们已经没戏了。

之后几年，不断有消息传来，说她被一个上海同学追求，男孩的父亲是外高桥金融区的老总，后来又说吹了。我想趁着空档期乘虚而入，又被告知，她和某个副市长的儿子、她的师兄拍拖了。那人叫高亢，研究生马上毕业，据说已被市委组织部定为选调生，不用参加公务员考试就可直接进入市直机关，仕途坦荡，前程似锦，双方家长都在外滩的半岛酒店吃了定亲宴。

我的痴情是出了名的，因为我压根就没再正视过身边那些优秀女生。我的一个师妹经常给我送家乡的特产，还把一张饭卡送给我："师兄，你不能老是吃青菜素食，你看你都快成竹竿麻花了。"

但我真的放不下她。我的中学同学开始骂我贱，说我贪图美色是个颜值控，常发些隐晦的变质鸡汤来恶心我，像"笑渐不闻声渐悄，多情却被无情恼"什么的，可我一点都不恼。

她真的很美，就是这三年的病榻折磨，也没让她像其他同类患者那样虚肿滥胖，依然苗条清瘦，偶尔的无意识浅笑，还会让我心驰神荡。

她又笑了，虽然稍纵即逝，我的心中一酸，猜想不到她又神游到哪个开心的地方。

4

天空中的云变幻莫测，我在飘荡中突然有了困乏的感觉，有股神秘的力量将我向下猛拽，我莫名冒出"地球引力"这个东西，使劲地凝思，最后还是不知其意，索性不想了，累了就睡，管他上天入地。

像是曾经整天都听到的某种声音又响起，身边这人开始说话。“阿姨？是，我带小蝶长假出游。我没有害她。你要来上海？都三年了你们来看几次？算了，你骂吧，我的存折都在我的出租屋里，具体多少我也没数，你去拿吧，密码是小蝶的生日，小蝶的东西你也都带走吧。”这人开始唠唠叨叨，不知所云。

流云像是停滞，我飘浮在云端不动。那人说话的口气带着云中的湿气，潮湿而凝重。唉，又堵住了。“华蝶啊，刚才是你妈妈来电话，她说你弟弟大学毕业留在北京，准备买房，问留给我的三十万块钱还剩多少，她想马上就要。亏她想得出，还好，反正以后我也用不着花钱了。她警告我不能伤害你，我和你共赴天堂是伤害你吗？还有，你不是独生女吗，什么时候又冒出个弟弟来？”

他是在问我吗？妈妈？弟弟？天堂？好温暖而遥远的东西。我飘在空中，想回望大地和远方，到处白茫茫、雾蒙蒙，我想拨开一道云缝，那样我就能看清想清，可云雾如水弥漫，抽刀断水水更流，这是什么词句，居然浮在我的脑海？

我还是想不开，想不通，越着急用力，越显得纷繁芜杂。

“这就是你妈。”那人似乎一直陪我在云间走走停停，这时他把我拉到身边，拿出一个发光的东西给我看。里面有一个漂亮的中年女人在说着什么，这时，一阵风吹来，一团浓雾裹住我远遁，那女人瞬间就不见了，被雾隔开的那人跟着我不离不弃，透着雾对我说：“你好好想想，那女人就是你妈。”

我的思绪被云雾萦绕得乱七八糟，根本无法聚焦所谓的女人和妈妈。

云雾不再那么阴沉，有一条金丝一样的闪电倏地穿透云层，刹那间闪出一道裂缝，云端中一个体态丰盈的美貌女子凝视着我，是菩萨？她站立的地方就是天堂？又不像，我总觉得她和我有着某种千丝万缕的联系。是什么呢？想得我头疼。哦，那就是妈妈。我努力起身想向她飞奔，但我的全身像是被缚上捆仙索，怎么也动弹不得，我想大声呼喊，可怎么也发不出声。我只能眼睁睁地看着黑云浓雾慢慢地弥合，妈妈冷漠地看着我，任凭云雾渐渐模糊了她的容颜，她根本没有打算过来与我亲近。

我心酸流泪，我不再远眺渐去渐远的温情，躺在波谲云诡的空中，无望地随波逐流。

“唉，也不能怨恨你妈，谁不希望自己的孩子过上没有压力的舒适生活？”那个声音又开始聒噪。我烦躁的心开始平静，那个女人的形象在我金星四射的脑海中又慢慢聚拢成形，她真的是我的妈妈？我努力地向她贴近，想进一步看清她的真容。近了，又近了，她好像愧对于我，马上就掩面而去。我的心“扑通”落下，对，她就是我的妈妈，我开始能慢慢回想了，我用力拽住这个面相，想让她不再模糊逝去。

“不错，他是有才华，人也很帅。可他家里太穷，你跟着他会遭罪一辈子的。什么？靠你们自己？上海买房要多少钱你知道吗？妈妈是为你好，不想让你一辈子做房奴。出国？做梦吧，那是一个钱两个钱就能做到的？凭着你的才华容貌，什么优秀的男孩找不到？你要是有一点念想留给他，我就没有你这个女儿。”这个声音从哪传来？我怎么记不起来！

“呜呜呜——”有女人在哭。“我和你爸结婚这么多年，他这个农村出来的土鳖，怎么也丢不下传宗接代的农民意识，非要冒着职业和仕途风险偷生了一个儿子。我累了一辈子，真后悔不该因为所谓的爱情而失去自己的幸福。”

“嫁给他吧，他爸是副市长。什么公子哥不公子哥的，风流不下流就行，现在抢手的就是这官二代、富二代。宁肯坐在宝马车里哭，也不坐在自行车上笑。话糙理不糙，你这美人坯子就该坐宝马入官家。沾光托福，这难道有错吗？”

对，是妈妈。她说这一切都是为了我未来的幸福。我的幸福是什么呢？这里有什么样的关系呢？我又想不起来了。

一直轻飘飘游荡于浮空中的身体有了沉重感，头脑的空白里涌进一些交织重叠的影像，我想一层层揭开，看到最底层的那重底片。越揭，新来的影像覆盖得越快，脑子里变得拥挤和杂乱，最后“嗡嗡”轰响以至于疼痛难忍。我竭力用手想把里面的东西抓走，但总是徒劳扑空。我的手渐渐从麻木僵硬开始像有蚂蚁从骨缝中向外啮咬钻出，痒痛的时候也有了想挣脱的欲望。我把这种虐心难忍的苦痛和憋闷使劲积攒酝酿。我想大吼一声，更想冲破千丝万缕无形捆绑四肢躯体的绳索的羁绊，拨开遮掩眼帘的重重迷雾，我开始了无济于事的盲目挣扎。

“华蝶，华蝶，你怎么了？华蝶，你用力地哭喊，最好能酣畅淋漓地叫喊或痛骂，对，就这样，华蝶，再用力。”一个更加清晰亲近的声音在我耳边响起，焦躁而兴奋。我被鼓动得想再次发力，这时，一只越来越大的巨手由远及近、由上而下缓缓向我压来。我想扭头躲避，但怎么也动不了。那巨手带着窒息感，终于把我的鼻、眼、口、耳全覆盖捂住，一阵血腥似的气味顶入我的脑门。我一下又跌落到无望的黑暗谷底。

5

长时间坐在封闭的车内肯定不舒服。我不敢打开车窗，外面虽然层林尽染美景无限，但排成双列行驶缓慢的车队散发出的浓烈尾气会伤害到她脆弱的肺部。她的状况最怕肺部发炎和感冒咳嗽，为此，我准备了一些进口肺部消炎药和止血药。我要带她顺顺利利地去康定跑马山，看康定溜溜的城。

终于到了二郎山隧道，蠕动着的车队神龙不见首尾，快到洞口时，车队彻底停下来了，有消息传来，一个摩登女子开一辆路虎在洞内超车追尾，正在叫骂索赔。众人都熄火下车拍照，还有人对着一块石碑一边自拍一边高唱“二呀嘛二郎山呀，高呀高万丈，解放军，铁打的汉……”时近中午，我试探着摇开车窗，感觉空气还算清新，就打开保温桶，准备给华蝶喂饭。

突然，一直双眼微闭的华蝶开始惊悸躁动起来，嘴里“咿咿呀呀”地叫唤，从没动过的双手也痉挛似的抖动起来。我一惊，又感觉兴奋惊奇，难道她左胸里那个刺激迷走神经的装置开始起作用了？我放下饭盒，摇着她的胳膊：“华蝶，很好，你继续使劲，打我骂我最好，我要的就是你这个样子。”她像是听懂了我的鼓励，嘴里的声音渐渐增大，全身像是都在用力，面颊和脖子也现出一层细密的汗珠，但不到一分钟，她就萎靡松软了，随之有一口污血从她的嘴里和鼻中喷涌出来，然后便气息微弱，重新昏迷过去。

我赶紧从药箱中取出进口止血消炎针剂，为她静脉注射。不一会儿，她的呼吸又开始均匀舒缓，再喊她，她已重新陷入从前的迷茫状态，一点知觉都没有。

这时前面的车开始发动，路上的人赶紧跑进车内，“轰隆隆”一阵阵汽车启动的轰鸣伴着团团黑烟尾气扑面而来。我赶紧关上车窗，把她捆绑在轮椅上，发动车子游进缓慢流淌的车流中。

出了隧道西行就到了甘孜地区，那就是西地藏区了。我知道，过了泸定不远，就是甘孜地区首府康定城了。

依旧是拥堵。快下午两点的时候，有飕飕的冷风从车窗缝隙中挤入，天空布满了凝重的阴霾。我想起了一句古诗，“北风卷地百草折，胡天八月即飞雪”，胡地应该是北方，和南方的川西藏区无关，八月飞雪恐怕不会出现在这里。

再向西走不到一个小时，路上就有不少警灯闪亮，一些警察在标有“泸定”字样的岔路口疏导分流着车辆。警车上循环播放着通知：“折多山开始下雪，西行的车辆请到泸定、康定观察雪情后再决定出行。”听从劝告的车辆不多，依旧夺路而去。我知道，折多山在康定的西南方向，经泸定入康定不仅安全无虞，而且路近便利。但我不想再走那个浑蛋曾走过的路线，我要直扑他们的车祸发生地折多山，然后在康定那个浪漫之地完成我们俩的爱情宣告。

简直不要命了，在拥挤的路上，仍然有三五结队或独自行进的背包客，很少有男人。

能不累吗？这些人跟在行驶缓慢的车后，不停地敲击着车窗，我曾听说，那个副市长的儿子在去川藏的路上，最感兴趣的就是搭讪路遇女郎。

一个身穿米黄色风衣的高个女子不间断地跟着我的车子行进并敲打车窗，见我按下车窗，她拉下纸口罩，一张像是整过容的精致的脸透出焦急和渴望：“大哥，捎带我一程吧，我真的太累了。求求您！”

一直双眼紧闭的华蝶突然警醒暴怒，她的眼神惊恐而鄙夷，脖颈用力地扭向左边，身子开始阵阵抖动，她像是要责骂那个女人，或者是要想推开外来骚扰者的纠缠，嘴里“呜里哇啦”混沌不清，但有一个“滚”字终于喷薄而出。

我一阵惊喜，“滚”这个前鼻音是很难发出的，假以时日，像“爸”“妈”这些双唇音很容易说出的。

那女人吃惊地看着被捆绑在轮椅上的华蝶，最后终于明白了，伸出涂抹着粉色指甲的右手中指，挑衅地在华蝶眼前晃了晃。

我慌忙将车窗关闭。华蝶瘫坐在轮椅上，看我的眼神也有鄙视和愤怒，最后索性将眼紧闭，胸脯一起一伏，呼吸也变得粗重起来。

“你别那么小看我，我和那浑蛋不一样。”我自言自语道。

6

憋闷，憋闷，那个粉色的中指越来越大，最后变成无形的华盖，我在云层中被憋屈得上下翻滚，有个留着马尾的男人淫邪地笑着，他很享受我的痛不欲生。他是谁？为何我想飞过去扇他的耳光？

在校园，在迪厅，他的名牌服饰光鲜亮丽，总有女生跟在后面献着殷勤地搭讪，他乐在其中，却对我频飞媚眼。

一阵风吹来，满地的黄叶打着旋聚拢，形成了越刮越猛的小龙卷风。我被狂风裹挟着，身不由己地飘舞着。进入云端后又是另一番天地，那是哪里？风不再呼啸，法国香水弥漫四周，我的眼里映出一片粉红色的暧昧。马尾开始亢奋地一翘一翘，我的衣衫被野蛮地撕开，一阵钻心的疼痛传遍了我的全身。汗津津的温热和腥臊让我无地自容。“你还是处女？”马尾开始耷拉下来，“你爱他那么多年居然没给他？哈哈哈。”

马尾开始迎风飘逸，我变成了没有灵魂的风筝，被牵引着随风起舞，在没有云彩陪伴的天空像粒微尘。

我飘进了一幢高耸云间的楼宇里，马尾说：“这没什么，这新房的处女作是你，她们只是匆匆的过客。男人嘛，风流而不下流就好。”

下流！我心中的怒气积聚鼓胀，随风飘回更加熟悉的一方，一个女人斥责我幼稚：“那有什么，哪个狸猫不吃腥，只要不下流，风流一点不算啥。”对，那是妈妈，她之前也是这么说的。

“你知道世界顶级艳遇之地在哪儿吗？”马尾又开始煽动，“法属波利尼西亚的大溪地，美属的夏威夷和塞班岛，还有圣灵群岛的大堡礁，至于巴厘岛、普吉岛和马尔代夫这些地方都让中国人踩烂了，我觉得最好的艳遇连绵不绝之地，还是我们中国的318国道，我一定要带你体验一下。”

鄙夷之情油然而生，那些陌生不知为何物的词句在我的脑海中没有任何印记，我只是关心，他在这些地方都艳遇到了吗？我的五脏六腑开始乱颤。

艳遇之地定有猎艳之事，至于猎艳对象，那要看有没有对的时间和对的人。

我继续飘舞着，那个高档而奢华的别墅庭院似曾相识，哦，那是马尾的家。那两个坐在客厅沙发里怯生生不知手脚放到何处的男女是谁？我用力揉了揉眼细看，是爸爸妈妈，他们来干吗？

“小蝶能找到高亢这样好条件的男孩是她的福气，我们没意见，你们定了就行。至于他们到国外还是国内旅游，让他们自己定。”妈妈变得谨小慎微、小心翼翼。

318国道像条绿色的河流，一具黑色棺材一样的奔驰车在里面向西漂流着。过了武汉，这条河流就有花红柳绿的女人游荡。马尾总是贴近细看，很少有他满意的，“猪”“丑八怪”，这些恶心的东西会不经意从他的嘴中蹦出，沿途的风光黯然失色。

我飘荡在这里的就是康定城吗？一条狭长的谷地，比肩而立的楼宇，欢畅流淌的折多河和雅拉河汇聚于此，腾卷起洁白的浪花。情歌广场和跑马山，夜晚街头的手鼓、吉他和五光十色的温情基调，这些独特的美景和浪漫为何激荡不起我的愉悦？在康定情歌大酒店的豪华套间里，我被马尾拂扫得精疲力尽，楼下的折多河开始呜呜咽咽。

“一堆没有情欲的骨肉。”马尾开始诅咒我。黑色的棺材飘向折多山，马尾要去新都桥，那是一个什么样的所在？我无所谓。

冷风拂面，零星雪花飘来。条条经幡飘扬的祈愿墙在高海拔的入藏第一关前兀自矗立。红男绿女在拍照合影，马尾亢奋地四处寻艳。我站在墙下，看着有情男女在那祈愿互缔心结。这时，有一个人轰然闯入我的心扉，我涌出一阵温馨，顿时泪流满面。我撸下钻戒，在黑色的墙石上恨恨地刻下“程鹍华蝶”，钻石尖厉刺耳，划痕深刻，这四个字多像一个爱情悲剧的题目啊。

一具高个红衣和马尾在黑色的棺材前亲昵。马尾说她要搭车一程去稻城亚丁。“她进来，我算什么？”“你还是你啊。”马尾淫笑着，那只修长惨白的爪子不经意地按在红衣高耸的胸脯上。

这性欲高亢的公驴。我赌气步行下山，烦透了这个荷尔蒙严重超标的亢奋男，想赶紧逃回去。我不知这趟艳遇之行还会发生什么花样和不堪。我不能一辈子就这样成为马尾摇摆调情的旁观者。

“高反”来了，我的腿发软，心跳加速，头重脚轻。我想滚下山去，不去设想云海下面是绿色的草地还是深不见底的万丈深渊。空阔高远的蓝天上，一团团白云哀怜地陪伴着我。

黑色的棺材不知何时又游到我的跟前，黑着脸的马尾打开车门把我拎到车上，疯狂地朝着山下驶去。我挣扎着准备拉开车门要跳下车去，马尾对着我的脸就是一巴掌，我满眼金星怒不可遏。我死命地跟他争夺着方向盘，前面是什么挡路？几头牦牛惊恐地看着疯狂逼近的黑色棺材，我的手一松，两眼一闭。

…………

7

车队如笨拙的长蛇，在九曲十八弯的山道上缓缓地向上蠕动，哈弗处在低挡位置，油门轰鸣加大，速度却越发的缓慢。华蝶的胸部开始急剧地起伏，我也感觉胸闷。海拔超过四千米了，我趁着车队短暂停顿的片刻，为华蝶戴上氧气面罩。在半山腰回望时，下面的车队仍不见后尾地延伸着，如同蜿蜒登天梯的山道逶迤多折，十分壮观，但我却一点观赏的兴致都没有，那些用手机和长枪短炮大呼小叫拍照的游客，像是来自另外一个欢乐的世界。

雪开始洋洋洒洒地飘落，一会儿便积下厚厚的一层，很多车主在轮胎上挂上防滑链。一些交警陆续上路疏导着车辆。

山顶估计不远了，一座具有藏地风格的白色尖塔在前面耸立着，下面还簇拥着一些冒雪拍照的人，那块黑色的巨石，应该是一块有纪念意义的碑石。

走走停停，短短不足千米，车子爬行了近一个小时。到山顶的时候，已是下午四点多，那里就像一个拥挤的停车场，车门关关放放，游客和商贩在车缝中来来往往，茫茫四野，银装素裹，路在何方？我走下车，前后眺望，东西两个方向拥堵的车辆应以千计，头尾都不知在哪儿，来去的通道都被挤死，车队彻底瘫痪了，一个个气喘吁吁的熄火哀叹。交警烦躁地回答游客千篇一律的询问，前方出现连续追尾已经封堵管制，后面车辆开始劝返，去康定的路更是多弯狭窄，雪天路滑，彻底封堵了。何时疏通？天知道。

华蝶的眼睛猛然睁开，眼球开始转动，也有了灵动探寻的光芒。我心有酸楚，她可能想起曾有的浪漫或哀伤。她的眉头紧皱，像要挣脱身上的绑带。天虽然阴沉落雪，但还不算太冷，我把她推下车来，用一方毛毯给她披上。我说："下雪了，你好好看看吧，我们已到了康定城外，这里是折多山。"

她仅看了白塔一眼，就开始将头吃力地扭向路的另一侧，那里有一堵堆砌比较粗糙的乱石墙，上面经幡猎猎，在风中呼呼作响。墙体石色黢黑，飞雪袭来，它依然抖搂出裸露的身躯，用汉藏两种文字书写的"川藏第一关祈愿墙"的金黄大字仍历历在目。

我费力地在车空中拐弯挪移，终于把轮椅推到墙跟前，上面一些"吉祥如意""扎西德勒"等祈福语琳琅满目，墙缝中的灰尘和积雪累积，变得斑驳陆离，一些青年男女面带虔诚，或双手合十站立闭目默念，或长跪不起嘴中念念有词。我站在墙下，心中五味杂陈，我不知华蝶为何对此倾心，我也不知自己想祈祷点什么，更不知为谁祈祷，为自己？为华蝶？两个将死之人，或许该祈祷赴天堂的路别再像现在这样拥堵。

华蝶在轮椅上很不安稳，她胡乱扯动着给她输氧的面罩，挣扎着像要下车，这在从前，我会激动万分，这分明是康复有效的反应，如今无所谓了。

华蝶，我真的累了，我只能在来世再陪伴你了。我的泪水滴落下来，有几滴滚落到她的腮上，她居然抬头看我，眸子中有了久违的怜爱和哀伤。我从后面用双手捂着她的双腮，我怕她冷，她似乎很享受这种亲昵和温情，一动不动地紧盯着祈愿墙左下角的某块石头，然后猛地向前挣脱，从轮椅上一下滚落到地上。我大吃一惊，赶紧弯腰要抱她重回轮椅上。她极力拒绝，死命地向着不到一米远的石墙跟前爬动，她的脸上憋出汗水，我赶紧抱着她来到墙根，她像感谢我的心有灵犀，脸上浮出笑容。我想知道是什么吸引了她如此拼命向前，就顺着她的目光所视，把她的手拿到墙根，她嘴里呜呜嘟囔，手却僵硬地颤抖。“华蝶，是要擦拭墙下的灰尘和积雪吗？”她居然“啊啊”地点头。我把她放到我的左腿上，跪在那里慌忙地擦拭着，这是一块相对光滑的黑褐色石头，方方正正地作为基石镶嵌在墙根处，我感觉到华蝶在我的怀里开始瑟瑟发抖，有了如释重负的舒畅呜咽。我的心也渐渐柔软起来，这上面肯定藏着华蝶的秘密，会是什么呢？我一边细细地擦拭着，一边寻找着上面的蛛丝马迹。在石块的中央，有几个线条纤细的字痕，仔细端详，依稀看到“程鹍华蝶”四个字。我的心顿时崩裂出圣火天光，我一屁股瘫坐在冰冷的地上，把华蝶紧紧搂在怀中。不知什么时候，她的输氧面罩已经脱落，她把干裂的嘴唇努力向我凑近，我亲吻着她，不顾旁观者的同情目光，径自狼嚎一样地哭喊：“华蝶，我的爱人，我没有白爱你一场。”

8

爱人？爱你？这声音好温暖啊。我头脑中的团团迷雾开始缕缕消散，我的嘴唇也湿润起来，那一串串滴落不止的泪水，把我从颠簸翻腾的云端拉到现实。我清楚自己正躺在一个男人的怀里，他一直在我的心田矗立，我这扶摇的风筝，没有消失在宇宙瀚海，因为他攥在手中的那根情思始终没舍得割断。

冰封的躯体开始“嘎嘎”地碎裂，心底的火盆渐渐冒出火苗，温暖是如此的美好，我感觉到了身上的束缚也条条缕缕地崩断。我的手脚虽然麻木，但我知道它们都是我可以指挥动的。耳中整日鬼哭狼嚎的杂音也远遁了，风的呼啸清晰起来，我脸颊上的雪花和着泪水让我越发的清醒。我想对我爱的人说：“程鹍，我爱你。”但我的舌头依旧僵硬，喉部仍有人在掐我不让我发音，我只能呜呜咽咽地流泪，有心酸，也有兴奋和劫后余生的渴望。

“咱们回车里去吧。”程鹍一手抱着我，一手拉着轮椅。我像一个听话的婴儿，将头拱到他的怀里，我不想离开他的怀抱，就愿这么静静地蹭他的温度，听他的心跳和唠叨。他还是把我放到轮椅上，推到车门前，放下斜坡踏板把我推到车上。我担心他会继续捆绑我，就拼命地挣扎。他居然笑了：“看你，车子不动我怎么舍得让你单独坐在上面。”他把我重新抱到怀里，回到后面的座位上摇摇晃晃地对我喃喃低语：“华蝶啊，我现在敢叫你老婆了，你答应吗？”我使劲地点头，湿润的眼睛一刻都不想离开他。

我感觉他的身子不像刚才那么温暖，他起身把车子发动，一会儿车内就有了热乎乎的暖气。他把脸贴到我的脸上，自说自话道：“老天也跟我们俩过不去，下雪不让我们进城。车里的油不多了，暖气待会儿就得停了。”

手机响了，程鹍看了看屏幕，有些紧张地接听。“结果出来了？你说，我能承受住。什么？发到微信上？妈的，手机信号也断断续续。”程鹍和谁通了几句话就颓丧地把手机丢到一边。

“老婆啊，我们俩的命咋都那么苦？”他那如钢针般的胡须在我的脸上轻轻抚摩着，我看不出他对我病情好转的欣喜，有的只是越发深沉的伤感和绝望。

天完全黑下来了，车内的温度持续下降，车外的小贩高喊着卖毛毡，卖军大衣，卖方便面。很多闪着红灯的警车不断播放着广播：“要注意节省汽油，要防止车内窒息。”声音缥缈而遥远。

“老婆，陪我一起走吧。这里海拔四千多米，是离天堂更近的地方，老天让我们从这出发，也是一种恩典，我们顺从天意吧。”程鹍的话里有一种悲壮的情绪。

他从我的身后腾出一只手，扭身向后备厢处拧动着什么，我听到有“嗞嗞”撒气的声音，顿时，一股酸臭的气味开始弥漫车厢。

这时，驾驶座上的手机屏幕开始显光，又有微信信息的提示音传来。我挣扎着挣脱他的搂抱，喉咙中那块堵塞的无形东西被我突破冲开，我大喊一声：“不！”

程鸥一愣，犹豫片刻，在矛盾的抉择后，那只刚缩回来搂抱我的手又重新去后面拧动着什么，泄气声停止了，他用力地将车门推开，一阵寒冷而清新的风涌了进来，我昏昏沉沉的脑子顿时清醒起来。他颓唐地瘫坐在后座上，看着不断闪光的手机一动不动，泪水却不断滴落到我的脸上。

9

华蝶真的出现了奇迹般的康复，她带我去祈愿墙下寻找她示爱的证据，更证实了我过了二郎山就有的直觉，但她仍需要爱的滋润和无微不至的康复护理，过程肯定艰辛而漫长，除了我，谁还能担此重任？我不忍心她在我离去后孤孤单单没有尊严地苟活在这个人情淡薄的世间，那会让她更痛苦绝望和狼狈，我想和她在不知不觉的睡梦中，共赴没有欺诈和势利的天堂。隐藏在后备厢中的小型液化气罐，我是准备在到了康定之后寻找一处环境僻静优美的地方再打开阀门的。但天公不作美，让我们滞留在这寒冷无助的高峰上。油已燃尽，寒潮来袭，与其寒冷难耐，倒不如在昏沉中避寒。

朋友打电话说生化指标都出来了，要我赶紧去住院，他要将检验报告发到我的微信上，还有意义吗？住院？到那等死？才不呢。

我知道这样做自私且残忍，不仅懦弱地逃避与病魔的搏斗，还要谋杀自己深爱的无辜女人。我想到远在农村以我为傲的年迈双亲那种天塌地陷的崩溃，想到华蝶父母卸下包袱后的义愤填膺，想到对我寄予厚望的交大导师和我正在研发攻关的项目。但我别无选择，一个病入膏肓的希望寄托，不如让人在短暂的惋惜和痛恨后，给世界一些干净清新。

小型液化气罐是我在网上订购的，已被国家明令禁止，去罐装这五公斤气体时，气站的工作人员警惕地问我从哪儿搞到的，干什么用的。我说准备十一宿营野餐，那人还下意识地看了看我的车牌照。好在一路没有检查后备厢的，几次交警查车，见我带着一个坐轮椅的残疾人，他们都很同情地开恩放行，还嘱咐我一些注意事项。

设想中的温馨悲壮被突发的风雪寒冷破坏了，去康定城的希望破灭了，连燃油都烧尽了，恢复交通又不知何时，在如同汽车坟场的山顶悄然离世，也不失为一种很浪漫的选择。等到交通疏导好，众多汽车欢快轰鸣绝尘而去，这辆灰头灰脸的哈弗孤零零地龟缩在路旁，警察诧异地前来催劝，拉开车门，一股甲烷气体扑面而来，两个相拥的男女面带微笑，灵魂已行走在去天堂的路上。于是查看手机通讯录，跟熟悉的人联系，有人哭，有人窃笑，我们俩在云端像七仙女看董永悲伤一样……

有人穿着棉衣在路上打着电话，诉苦，抱怨，骂天气，骂警察，也有医生过来抢救一些突发病人，我觉得这些都和我们俩无关，我不想做一些求人借油、遭人白眼的无谓努力，等到寒冷真的无法抵御时，我就打开罐中的天堂之门。

手机的信号又有了，微信提示适时响起，这是催我上路的节奏啊。我狠了狠心，对着华蝶深情一吻，反手拧开气罐的阀门。

华蝶或许感觉这对她不公平，或许她并不知我的病情和所思所虑，居然疯狂阻止并喊出了“不”字，我不想让她不情愿地跟我上路，我迟疑了一下还是放弃了原计划，只要她愿意顽强地活在这个世界，我独自远行也就心安了。

我拍了拍华蝶，把车门重新关上，百无聊赖地拿起仍在嘀嘀提示的手机，朋友把报告单发来，我细细地看着，上面的所有指标基本正常，我的肝区疼痛是因胆囊结石已到了要爆裂的程度，他催促我赶紧住院切除。

我搂着华蝶亲吻着："老婆，我要带你回家。"

雪花如蝶般欢快地飞舞。

远处的康定城想必火树银花，美丽得让人流连忘返。

老咸菜

1

老咸菜是成功兄对夫人的谦称，他说这比贱内、拙荆更接地气。那天我回老家，家乡的几个文友请我吃饭，酒酣面热的时候，成功兄的老年手机《好运来》就唱起来了，他紧张一站，忙用左手食指做封住上下嘴唇状：“嘘，我接个电话，老咸菜的。”大家都装作噤若寒蝉，默不作声。他的手机是草绿色的，说是军用品，待机时间长，音响效果好，接着里面就传来一阵苍老而高亮的呵斥声：“又跑哪儿灌猫尿了？狗老了都知道夹着尾巴蹲墙根，你咋喜欢到处溜达，找屎吃呢？是不是又跟那几个酸文假醋的土妄蛋（假装洋气文雅的土鳖）在一起？你个老妄蛋眼也不瞎，看看他们，哪一个不是泥龙狗（泥鳅）穿蓑衣——嘴尖毛长的？这人找人，鬼找鬼，找个蛤蟆还三条腿，有屁用啊？赶快滚回来，卸矿泉水，车都到了。”“噼里啪啦”一挂鞭一样放完，成功兄一句话还没捞到说，那边电话就挂了。

大家都拍着大腿笑开了："成功兄，你这老咸菜也太不是玩意儿了，怎么连我们也一起骂上了？还顺口溜、歇后语一套套的，愤怒出诗人，跟你学的吧？赶紧回去给蹬了。"他笑着坐下，不失时机地把耽搁的酒给补喝了，一边搛着菜一边自嘲道："说别的可以，蹬是不行的。有了老咸菜，强过白端碗，好歹也跟了我大半辈子了。"他抹着嘴把酒瓶拿来，又倒满了一大杯，站起身对我说："张老师，我干了，你随意。"还没等我回话，他就一口闷了，然后说："我得回去卸货了。"说完就摇摇晃晃地走了。

众人谈笑中都把话题转到成功兄的夫人身上。这女人姓黄，跟诸葛亮妻子重名，也叫黄月英，比成功兄大三岁。她个头高大，说话瓮声瓮气，在家门口开了一间生活用品杂货店。看她的样子文化程度不会高，但进货出货从不出差错，精明着呢。成功兄身材瘦小，不管是文斗还是武斗，都不是她对手。她说话阴损，污言秽语带形象，常常直击命门，切中要害。成功兄在外面小嘴吧唧的，一到她面前词就没了，偶尔也会趁着酒意图谋造反，被她轻轻一拎，就扔到一边去，摔得老半天才爬起来，只好说好男不和女斗，自己给自己找台阶下。她从不把酒叫酒，一概用尿代之，什么"洋河大尿""衡水老白尿""二锅头尿""郎尿"。成功兄好这口，她控制了几十年也戒不掉，只好严格限制，只允许他晚上喝，一顿不超一杯，二两半，定量。成功兄就伺机从门口自家店里偷，但当天就会被破案，哪种酒进多少，卖多少，剩多少，都摆在她心里。她的眼一瞪："尿呢？"他就萎了："让我喝了，还剩半瓶。"她就揪着他的耳朵一拎多高："这尿比你平时喝的要贵，我折算好了，掐你十天的尿量。"成功兄被憋得无奈，就会四处寻找机会讨"尿"

解馋。

我笑着问大家："你们个个能说会道的，怎么不去为成功兄讨个公道帮个腔？"大家忙说："我们好脚才不去踩那摊臭屎，用那老娘们儿的话说，那叫癞蛤蟆钻夜壶——找尿。不信你问问为名，他和她交过手。"

为名是个诗歌爱好者，拜过成功兄做老师。他想用"未名"做笔名，成功兄很不屑，未名不就是不出名吗？不想出名写什么诗啊？民国的小女子张爱玲，出身豪门的大家闺秀都说出名要早，跟谁讲清高？名和利是一对双胞胎，没有名，哪还有利？不要名利，神经病啊？就给他改了"为名"，俗而直白。

成功兄自谑老咸菜常给他上三课，即政治课、军事课和劳动课。政治课就是讽刺挖苦、阴毒谩骂；军事课内容简单，拳打脚踢，偶尔也用点扫帚、擀面杖等顺手的常规武器；劳动课最让他头疼，定量完成货物运送、煤气罐装、庭院清扫，完成不好还要补上军事课和政治课。为名去的那天是中午十点半，她正一边在小店门口洗衣服，一边给正在择韭菜的成功兄上政治课："参加什么诗歌学会，你也不撒泡尿照照，就你那尖嘴猴腮的熊样，也想写诗出名找妖精，真是癞蛤蟆想吃天鹅屁。"为名"扑哧"一笑："嫂子也是文学爱好者啊，说的话不是《儒林外史》中范进的老丈人胡屠户说过的吗？"她抬头用水淋淋的手打着眼罩，问："你谁呀？"成功兄赶紧站起来拍拍手，这时，她将眼一瞪："干你的活，没人把你当哑巴。"她眼睛不眨、直勾勾地逼视着为名。为名心里打怵："我，我是孙老师的学生，我叫为名。"她的嘴一撇，脸上开始显露鄙夷的神色："怪不得呢，师父不明徒弟拙，就他那货，能教出什么好东西。还叫我嫂子，你该叫我师娘，没大没小没教养。”然后就把为名晾到一边，径自呼呼啦啦洗她的衣服。

成功兄把为名领到屋里，然后小心翼翼地走到她跟前，显得谨小慎微：“给点面子，真的是我学生，第一次来咱家，中午留下吃顿饭。”她头都没抬：“我忙着呢，要吃自己做。”成功兄就和为名一边择着韭菜，一边谈起他准备参加的几个诗歌征文大赛活动。他也动员为名参加，交上一百元报名费，准能得奖，他说他有几个朋友是评委。

成功兄炒了四个热菜，就跑到柜台里准备拿酒。老咸菜吼道：“拜师酒俺们准备菜就够给面子了，哪有空手不带酒的？倒孝啊？”他低声下气道：“你小点声，人家带来两盒好茶叶，西湖龙井牌，很贵的。”她“哧”地不屑道：“就你那吃糠咽菜的贱嘴，配喝那茶吗？那要用紫砂茶壶冲泡，他也给你配套带来了？还西湖龙井，贵个屁，杭州满大街都臭市了，真货能到你喝的？”为名在屋里听得真真的，本来想端酒到柜台前敬她几杯，并道歉改口叫“师娘”，也被吓得不敢过去了。临别前，为名放了五十块钱在柜台上，说和师父喝的酒算他的。老咸菜连客套一下都没有，眼皮耷拉下来像门帘一样。

“还叫黄月英呢，比诸葛亮老婆丑倒是真的，才华贤惠不知哪儿去了！”为名嘀咕了一句，不幸被她听到。“你说什么？你个兔崽子，再说一遍。”她从柜台里一声大吼，吓得为名撒腿就跑，从此再也不敢登门。

2

成功兄原名叫孙承恭，1975 年在甘肃平凉当兵时，部队也开始学习天津小靳庄经验，鼓励战士写诗颂扬大好形势。成功兄个头瘦小，比武训练很难出彩，就想在写诗赛诗上求突破。当时有个军旅作家下连队体验生活，常给他做些指导和鼓励，说写诗要言之有物，抒发的必须是真情实感，不能无病呻吟挤牙膏。他就想起和班长去固原拉煤路过六盘山的事，憋了五六天，写了一首《我登上高高的六盘山》。作家给他提出不少修改意见，原本是五十多行的诗，最后只剩下二十来行，那些“天高云淡，望断南飞雁”的好词句都给删了，他虽心疼，还是接受了。誊写完他送到作家那里验收，作家说，先在连队板报上刊出，再到外面投稿试试。作家有个战友在《解放军报》“战士放歌”专栏做编辑，就写了张字条夹在稿件中，让成功兄把稿件直接寄给那战友，还建议他改名，“承恭”有点旧私塾味，最好叫成功，革命成功，事业成功，音同字不同，意义也升华了。没多久，成功兄的处女作居然上了《解放军报》，“战士诗人孙成功”一下在全团都出了名。年底，他的另一首十余行小诗《拉练歌》还发表在《解放军文艺》上，也是那作家推荐的。

成功兄觉得离成功地穿上四个兜军装（军官服装）的日子越来越近了，可第二年，他还是复员回到县城边上的老家，多亏二叔做大队书记，把他推荐到县化肥厂做亦工亦农的装卸工。

他有些沮丧，但很快便调整好心态。他的长处是会写诗，他把用红绸包好的那期《解放军报》和《解放军文艺》装在军用挎包里，整天不离身，他到文化馆向那里的人吟诵自己的诗作，还写了一批欢庆粉碎“四人帮”的诗作，有两首被文化馆的《黄海风雷》油印小报刊用，县广播站也播送过他的几首诗作。

那年月真是文学的春天，小说、诗歌、散文、戏剧过几天就有佳作问世并受到世人的追捧。成功兄狂热地迷恋着诗人和诗歌，他自费订阅了《诗刊》，能一字不落地吟诵舒婷的《致橡树》和《祖国啊，我亲爱的祖国》，也会用北岛的那首朦胧诗来《回答》不理解他的人——卑鄙是卑鄙者的通行证，高尚是高尚者的墓志铭。他在给《诗刊》不断投稿的同时，也求助编辑部为他代转给舒婷、顾城等风云诗人的书信，倾诉着对他们的景仰、爱戴和希望提携的渴望，尽管多数都石沉大海，但还是收到了舒婷和艾青对他的鼓励。

“你知道中国最厉害的报刊吗？”1998年夏季，我第一次见到成功兄，他就这么直白地问我，还未等我回答，他就说：“是‘两报一刊’。知道‘两报一刊’吗？”我刚要回答，他说是《人民日报》《解放军报》和《红旗》杂志。“可你知道中国最厉害的文学杂志吗？”我知道他的提问是不需要你回答的，只是为了渲染一种谈话效果，有加重语气、增强说服力的用意。我就笑着等他的自问自答，他像是不满意我的不配合，就说：“是‘两文一刊’。知道‘两文一刊’吗？”我据实道：“还真的不知道。”他又开始兴奋起来：“就是《人民文学》《解放军文艺》和《诗刊》。而这些顶尖的报刊和文学杂志，我孙某人也上了两家。”说完，他就从军用挎包中拿出用红绸包好的那两份报刊，岁月的久远，已使上面的字迹显得有些模糊不清。我不能扫了他的兴致，饶有兴趣地拜读着他的大作，连说“不容易，不简单”。他好像没有等到他想要的惊艳效果，有些索然道："这辈子要是能在《诗刊》上发首诗，死亦足矣。不然也会愧对舒婷老师和艾老的期望和重托的。"说完，他又小心翼翼从挎包中把两封信拿给我看，内容都不过百字，至于他们不约而同地说"相信你通过不懈努力，一定会折桂《诗刊》的"勉励语，多少带有些客套敷衍的意味，但作为大家，能对一个文学爱好者如此用心回信，确实让人感佩。

然而老咸菜黄月英不这样认为："《诗刊》是你爹啊？它能管你吃还是管你喝呀？要是再花冤枉钱订那鬼东西，我见一次就撕一次。"成功兄结婚第二年，黄月英就开始了封杀行动。

成功兄的诗歌狂热并不能淹没他作为男人的性情澎湃。他的两个弟弟小孩都上学了，而他依然夜守空床。虽说是亦工亦农，但他感觉毕竟不是农民，又自恃才薄云天，很想找一个长相舒心、有固定工作且情投意合的城里女子。然而郎有情，妾无意，即使有个把文艺女青年对他初时崇拜，但要是想深入下去就敬而远之了。几年下来，连农村的女子但凡有点姿色，即便媒人把他的才气吹得天花乱坠，见了人后也都笑而拒之。三十二岁那年，他心如止水地和父母答应下来的盐场晒盐老姑娘黄月英结了婚。领证那天，他站在她的身影里，开始抬头细细打量着她，她的鼻孔很大，居然还露出黑色的鼻毛。

"饭桌上了老咸菜，从此成功无佳肴"，客散人静，成功兄看到化着艳俗浓妆的新婚妻子，怎么也挑不起男人的性趣，吟了一句"狗屁诗"（黄月英语），便拉灯睡去。

3

成功兄自诩有三宝——丑妻、陋店、破诗稿。

成功兄刚参加工作时，化肥厂只产一种碳酸铵的氮肥，每袋一百斤。那时是计划经济，厂里是无权卖给使用者的，必须有计划调拨，或者放到县供销总社的农资公司和各公社供销社，由他们销售分配给下面大队、生产队。每天发货都是定量有计划的。装卸队有三十多人，分班组，两班倒，除了卸煤脏点累点，装化肥是在仓库大棚里，风不打头，日不晒脸的，就是搞突击，一天最重也就每人装个十吨二十吨的，活并不累。成功兄装完车还可以溜达到不远处的文化馆、图书馆去斯文一会儿。因此，他也就没动脑筋考虑转换工种的事。

结婚后，成功兄才感觉自己这小身板确实不适应干这重体力活。一百斤的化肥往肩上放，不像从前，拎着一个角，腰杆一弯，就稳稳当当地落到肩上。现在需要借助化肥堆的高度来朝肩上过渡，原先走在连接地面到车厢斜搭着的跳板上，晃晃悠悠好像能减轻身上的压力，现在走在上面感觉两腿打软有些发飘。农村实行联产承包以后，化肥厂就直接面向农民，一些化肥经销商也在农村设点经营，化肥装运没个准确的时间点，有时货车排成长龙催着装货，最高峰时一天一人曾装载化肥七八十吨。装卸队压力很大，为了避免装多装少一个样，就分组包干，三人一组，量化到人。

成功兄的大儿子叫大众，两年后黄月英又偷生了一个儿子，叫小资。乡村两级计划生育专干进行突击夜捕，成功兄认为抓住他就得阉割，吓得翻墙而逃，好几天都不敢归家。黄月英在月子里也被拉到卫生院做了结扎手术，因此，她对成功兄的鄙视也与日俱增。一天晚上，成功兄干到八点才把车装完，回家身体像散了架，斜在躺椅上不想起来："不能干了，再干下去，不是把骨架压散了，就是从跳板上摔下跌死。"黄月英"哧"的一声："都干十来年了，扔了不怕可惜呀？"他叹口气道："就是考虑这个我才没舍得丢，就像杨修说的鸡肋，食之无味，弃之可惜。哎，又是对牛弹琴，说了你也不懂。"黄月英把勺子朝饭盆里猛地一放，溅了她一脸粥汤："对，我不懂，你除了身小力亏，还胆小如鼠，肚里那点酸菜屎，一撅屁股就拉空了。这些年你在厂里偷懒耍奸，也就是滥竽充数中的南郭先生，现在好了，砍倒高粱显出狼了。"

"嘿，还跟我转文了？"成功兄笑了，"这是我从你嘴里一次听到两个成语，要表扬，以后还得多看点书，我们也好夫唱妇随。"黄月英脸一沉："别给脸不要脸，少在我跟前屎壳郎爬书桌——假装屎（诗）人。"成功兄一阵悲怆："这是哪跟哪啊，你真是屎壳郎敲门——俗臭到家了。"

成功兄真的从跳板上摔了下来，他不是国家正式工，虽能公费住院治疗，但分配的工作量必须有人完成，和他一组的另外两人趁机想挤走他。黄月英就找到厂里，愿意替丈夫干一段时间。

谁知她竟干得得心应手，开始同班组的人还嫌她一个女的，会受牵累。一见她甩化肥上肩那姿势，步伐随着跳板上下扇动的频点，朝车上扔放化肥落点的精准，还有那面不改色淡定自如的神态，这是干装卸的老把式啊。休息时，几个爷们儿问："从前干过？"她用搪瓷缸灌了一肚冷开水，轻描淡写道："就这活，长年干不是享福的吗？我在盐场装盐，一袋多少斤？一百五十斤，那跳板，比这长好几倍，还滑唧唧的。”

成功兄蹲在家里不想去上班。黄月英能干厂里都知道，就由着他挂个名在外散混。黄月英见成功兄整天游手好闲，就骂他正事不干，净写些乱七八糟的狗屁诗，酸文假醋的，没见一分钱稿费，倒是邮票、信封、稿纸花费不少钱。村子靠近县城，村民买个烟酒糖茶日用杂品都要进城。他们家靠近大路，院门旁有两间边屋，她就让成功兄去申请办个生活用品商店，多少也能补点家用。他说离城那么近，谁愿让你再扒层皮？他主要是怕麻烦。黄月英就威胁他，那扛大包的活她不去干了，要自己开店。成功兄真的怕干重活了，就涎着脸皮求她，说三磕六叩九十九拜都过了，还在乎剩下那一个？坚持就是胜利，现在形势不一样了，就是熬不到转成正式工，退休了也能吃劳保。他虽然嘟嘟囔囔不愿意，最后还是把生活用品店开了起来。

小店卖的都是低档货，走的又是代销路线，因此也赚不了几个钱，但由于没有房租、人工费用，也没有什么本钱折，成功兄还能有烟抽，有酒喝，这小店就这么半死不活地撑着，直到化肥厂亏损破产。清算安置后，成功兄也有了养老保险，退休后每月能拿一千多块养老金。黄月英回家后，顺理成章接管了小店，成功兄终于可以离手离脚地专事他的诗歌创作。唯一的不足是，烟酒使用权被剥夺了。

成功兄的诗歌水准我真的不敢恭维，几十年了，写的不下上万首，能够见诸报刊的不知有几百分之一，且都是市级以下的非公开发行物。他把这些都剪贴成册，也曾谦虚地拿过来让我“斧正”。有几首确实不错，选材独到还接地气，像《吹鼓手》《磨道上的驴》

《我装卸希望》等。自从认识我以后，他经常给我寄稿、写信、打电话，抱怨社会风气不好，说报刊编辑部只认关系、金钱、人情和名气，不顾作品本身的质量。他请我无论如何要帮他引荐，还承诺友情后补。我只好苦笑，我虽然在省文联上班，可从事的却是行政管理，文学创作只能算是半路出家的跟风作秀，发表篇作品也不容易。每次看到他的来稿，脑中就会浮现出他那渴望发表的热切眼神。我也请期刊编辑给他帮忙，怎么改他无所谓，只要发表出来挂他的名就行。发了两次稿以后，他感觉像是珠光蒙尘终于绽放，来稿便一发而不可收，每隔两天，都会给我和编辑部各寄一份。编辑朋友叫苦不迭，说："哥们儿，他这稿件我不朝字纸篓扔，您教教我，该怎么办？要不我给他写两首？让他别折腾我了。"我就婉转地提醒他："要多看书，注重积累，厚积而薄发，不能想起什么就写什么，稀汤寡水的没人要。"家乡的一位文友是我中学同学，有一次他来省城，说成功兄抱怨我有架子了，还像老师一样教育他多读书。他愿与我找个时间比试一下，看谁能大段地背诵郭小川的《团泊洼的秋天》和贺敬之的《雷锋之歌》。但说归说，他给我的稿件还是照寄不误。那首《老咸菜》寄来后，我看后会心一笑，就找到那编辑哥们儿，坚称就是不照顾我的面子，作品本身也达到发表水平。他写道：

岁月的海水凝结成微黄的晶体
饕餮者骗你说它是能滋润肌肤的化妆品
于是你在大缸的美容间享受腌渍的痛苦
其实你大可不必担心容颜苍老

你又不是老干妈
别梦想出国
煮沸洋人那锅膻气的红艳
粗纤维塞牙就塞了
反正你也不指望年轻人亲吻
老汉的光板牙床品咂着你
回味的都是旧日酸甜苦辣
…………

4

与文友相处言欢时，成功兄喜欢自谑自虐，家里发生的那些日常琐事，他也能搅拌出笑料来。比如他给大众的儿子取名，他说：“诗要雅，名要俗，越是恶俗，小孩越好养活，就叫马桶吧。”黄月英就会经常高声大气对他发号施令：“还不去抱马桶吃饭！你就知道对着尿瓶吹，马桶呢？”就连夫妻之间的那点事，他都会捧出来博人一笑，还美其名曰给写小说嚼舌头的同行们提供鲜活的写作素材。黄月英高个大身板，成功兄说趴在上面像趴在沙发上一样，软和舒适，做俯卧撑运动累了就睡在上面。大众、小资，都是他的运动成果。

县里也成立了作家协会，成功兄被推举为副主席。那天我应邀参加了成立仪式。会后，宣传部设宴庆祝，副部长也是文学爱好者，兼着文联主席。

入席后，副部长看了看桌上的冷菜，板着脸问服务员：“怎么没上草莓啊？”服务员忙说：“大冬天的，很少有上草莓的。”大家又笑开了，副部长这才对服务员笑着说：“没事的，你忙去吧。”成功兄说：“今天张老师在场，千万别把我那点糗事都给抖搂出来。”副部长问我：“难道你不想听听草莓的故事吗？”我笑着问成功兄：“方便说吗？”他赧然一笑：“有什么不方便的，只要大家开心，蚂蚁劈叉，多大点事啊。”大家都附和道：“你就是不问，待会儿他也会绕到草莓上，这是他在酒桌上的保留节目。”大家喝着酒，就把他们常吃的草莓剩饭又给我烫了一遍。

几年前的初夏，几个文友结伴到城西镇看副部长，当时他刚调到那里做镇长。城西镇是草莓之乡，喝酒时就上了一道糖拌草莓。大家边吃边啧啧称赞草莓个大味甜还有奶油香。唯有成功兄举箸不食，还诡异地闷笑着。有个文友说：“看你一脸坏笑，你又憋着什么坏心思？为什么不吃？”他说：“我才不吃呢，你们吃，你们吃，我看着。”那文友就起身抓了两个，硬逼着他吃下去，他假装挣扎着朝外吐，最后还是咽了下去。大家都逼着他交代不吃的原因，他坏笑了一下：“这草莓，就像俺家那老咸菜的奶头子，看你们吃，就像大众和小资吃奶时一样。”大家这才知道被他赚了便宜，别的菜不给他吃，只让他吃草莓。

去年副部长调回城里，有个经商的文友攒了一个酒局为他接风。他建议就放在成功兄家旁边的小酒馆，喝他小店里的酒，照顾他的生意，顺便也想见见传说中的老咸菜。那天去的文友很多，喝得挺嗨，一箱“洋河尿”喝完还不够，大家就叫成功兄让老咸菜送“尿”，也好闪亮登场。她来了以后，唯独对副部长客气一下，其他人她眼皮都没抬一下。副部长倒了一杯酒给她：“久闻嫂子大名，今天请嫂子无论如何要喝杯认识酒。”她斜眼看了一下成功兄：“还久闻大名，不知怎么编派我的。”就端着酒杯站在那，感到很为难。成功兄一脸正色，求副部长放夫人一马：“你嫂子不能喝，喝了会出事。”大家都不同意：“嫂子都没推杯，你凭什么说不能喝？再说能出什么事？”他说：“她一喝，草莓会变大。”知情者都捂着嘴不敢笑。副部长也假装不懂：“瞎联系，喝酒跟草莓变大有什么关系？”老咸菜脸色开始憋红，眼里有了怒意，成功兄还想发挥，就见她把手里的一杯酒“呼”地泼到他的脸上：“你个吃屎谝渣的玩意儿，饭菜也堵不住你的臭腚门子。”成功兄水淋淋地坐在那里，一脸的尴尬。副部长生气道：“看你，成功兄也没说什么，干吗这样让他下不了台？”她声如洪钟地回怼道：“你莫再装了，他在城西吃草莓的事，回家都跟我讲了，你们哪个不知？”大家这才拍手大笑，说成功兄这是推磨挤蛋——自赚（转）的，该打。她气呼呼地对副部长说：“你那么大的干部，以后少和这些贫嘴聒舌的饿皮虱子搅和在一起，夜壶打了把——光剩下嘴了。”“啪”地把酒杯摔在地上，临走还威胁成功兄道：“你是大蒜扒皮找捶了，那天我怎么没用锥子给你捅个耳眼，也好给你长个记性。”

5

这年腊月底，我回到老家。老母亲八十多了，身体不好，不敢说还能过几个春节，我就尽量多抽出时间来陪陪她。另外还有一件事，就是想给成功兄送个惊喜，省作协书记处今年事多，省级作协新晋会员一直到春节放假前才进行研究。我从中给他做了一些斡旋工作，总算通过了，公示也就走个过场，我让作协联络部的哥们儿把他的证书提前给拿了出来。

事先我没给成功兄打招呼，他会呼朋唤友找些人为我接风洗尘，他们都不容易，又年哄哄地忙着。我打算去去就回，老娘说中午等我回去吃锅贴菜夹子。

县城新车站很漂亮气派，离成功兄家只有两站路。他家很好找，马桶他爷爷——臭（屎）诗人超市。

成功兄不在家，一个身材粗壮高大的老妇人正站在小店门口，整理着被风刮翻的春联，估计是黄月英。我笑着说："是嫂子吧？我找孙老师的。"

她冷冷地看了看我："他去进货了，找他什么事？"我本来设想的是成功兄会面对证书激动得热泪盈眶，现在叫她这么一问，就有些索然，讪讪道："我给他送证书的。"

"证书？又在哪儿给他弄的假货？要多少钱？"她的脸色突然变得难看起来，跟在她身边的那只脏兮兮的泰迪小狗被她一脚踢得"嗷嗷"直叫，怯生生地躲到一边看着我。

我尴尬地站在那里："怎么还要钱呢？不要钱。"

"不要钱？说得好听。"她一脸鄙夷，抽身回到小店的柜台里，把我一人晾在外面。

我苦笑了一下，进去把证书放到柜台上："我是省文联的，姓张，回老家过年，顺便把成功兄加入省作协的证书带来。等会儿他回来，请你交给他。"我想赶紧离开，好赶中午回老家的那趟乡村班车。

"哎，哎，那大兄弟，你先等等。"我刚离她的店门，她就从柜台里蹿出来，“你是张老师吧，看我这张臭嘴，不打听清楚就胡乱喷粪。我这就叫他赶紧回来。”我又硬生生地被她拽进店里。

她给我泡了一杯茶，然后给成功兄打电话，声音显得很温柔：“快回来吧，省里的张老师来了。还能有哪个张老师？帮你发表诗歌的那个张老师啊。”我心中窃喜，别看成功兄在外面如何贬损他的老咸菜，回家还是有话可说的。

“张老师，刚才多有得罪，我也是给他气的。”我让她别叫我老师，大兄弟最亲切。她就说：“好，大兄弟，去家吧，这里连个坐的地方都没有。”说着就催我出去，然后她把店门锁上。我说别因为我影响生意。她笑道：“过年了，谁采购东西不去城里？我这也就是应承一下门面，真有买东西的，站门口喊一声我再过来。”

门口离堂屋不到十米，一进屋我就吃了一惊，这里就像是荣誉陈列室。东西的墙面上，贴满了奖状，细看是大众和小资孩子们的三好生、好少年奖状和小红花证书。正对门是农村传统的三套桌，饭桌后面是八仙桌，八仙桌后面靠墙的是长条几。在长条几正中间，放的是一个造型粗劣的缪斯女神像，女神像两侧，摆满了很多获奖证书、荣誉证书和奖杯，我以为也是大众、小资他们的。黄月英撇着嘴说：“大兄弟，你看看吧，这些都是他的获奖证书和奖杯，哪一件是真的？都是花冤枉钱买的。那些骗子经常把大赛邀请函发给他，交了钱就给证书，谁也不知是哪一级办的，又是在哪儿办的。那个环球杯世界诗歌大赛组委会寄来的奖杯，八百八十八块啊，到家就掉漆了，还是他自己给补的漆。你说说，图这自欺自的虚名干什么？哎，刚才你一提证书我就肚子里蹿火。”

我不知道说什么好，只好敷衍道：“人这一辈子，都应该有点爱好和奔头，不然，生活就会没滋没味的。”她叹口气：“我不是反对他写诗，可自己得知道自己几斤几两。”这时，外面响起了电喇叭的声音，她站起身说：“他回来了，身子一天不如一天了，离步都得骑电动三轮，轻来轻去还行，提桶水都喘。”

“是张老弟吗？你提前给我打个电话，我好在家等你呀。”成功兄兴奋得给我又是斟茶又是递烟。夫人把证书递给他：“你看这是什么？你这一屋子也抵不上它。”成功兄一愣，接到手，眼只那么一瞥，泪水就开始滚涌。“是真的吗？”他的手开始抖动，“我是作家了，名副其实的，就连专家和组织都对我认可了，这比上《诗刊》更鼓舞人心哪。”他有些不好意思地看了我一下，急忙跑到院里的水龙头洗手，黄月英跟在后面：“大冬天水冰冷的，我给你找个盆加点热水。”他不顾天冷，径自在那里“呼呼啦啦”地洗着手，像是要平复激动的心情。

夫妻俩怎么也不让我走，我只好打电话给母亲说回不去了，母亲让我少喝酒，黄月英在一边大声说：“放心吧大娘，在俺家醉不了。”

成功兄要拖我去饭店，多找几个文友过来。我说：“哪儿也不去，就吃嫂子做的，再说到年根底了，别惊动别人了。”黄月英说：“你怕大兄弟一人灌不了你？等会儿我也喝，非叫你醉死不可。”成功兄呵呵一笑：“你这老咸菜，只能在没有好菜时才叨两筷子混混牙，是上不了席的。”

“孩子们都单过着，中午就我们三人。”黄月英炒菜端菜的间隙，也和我碰了两杯，六个菜全上桌，她才坐下。

“大兄弟，嫂子臭名在外，管他老咸菜还是老菜帮子，无所谓。

哪个女人不希望自己男人能风风光光的？”她为我斟了满满一大杯，自己也倒满了，“今天高兴，嫂子干了。”说完头一扬，就灌了下去。没多会儿，她就坐在那里开始眼睛蒙眬地望着我傻笑，成功兄也笑了：“从没看她这么喝过酒。”

那天我也喝多了，是大众找车把我送回的老家。

6

我再一次见到黄月英，却是在成功兄的葬礼上。

梨花湖是故乡的一个人工大水库，蓄水量达四亿多立方，名列全省第二。清明前后，梨花湖沿岸的梨花、棠棣花次第开放，如茫茫一片的香雪海。去年清明节，本县籍的一位著名画家兼诗人华宇回乡祭拜祖先，县作协就邀请他和县内文友搞个见面活动，活动地点就在梨花湖南岸的子贡晒书亭。相传孔子相鲁会齐侯于夹谷时，只带了得意弟子子贡前往。那日子贡背着书袋独自来到距夹谷山不远的梨花湖游历，突遇短时大雨，将书淋湿。雨过天晴，梨花湖天碧水澈，四周山峦叠翠，花团锦簇，令子贡叹为仙境，适巧湖边伸向湖中的巨石上有一块非常平滑的石面，他就把书放在上面晾晒，不料瞬间便干，书简字迹越发的清亮秀逸。后人就把那块石头称为“子贡晒书台”，还在旁边建了一座六角亭，称为“子贡晒书亭”。

华宇从小在北京长大，是清华美术学院毕业的，这次趁着假期回乡祭祖，是为了完成他的老革命父亲临终的嘱托。老爷子说：“故乡是一个有灵气、有文风、有血性、对革命有贡献的好地方，不能忘了祖先。”还有一个原因，就是县作协曾邀请过他回乡和文学爱好者见个面，为他们传授文学创作经验并鼓劲加油，这次他也算是还愿来的。

十几个人坐在晒书亭里，面对湖光山色，谈文学，谈人生百态，谈得最多的还是诗歌。华宇说：“我们今天身临的可是孔圣人的第一高徒子贡先生晒书的地方。孔子虽然留下一部治天下的《论语》，但他最推崇的经典却是《诗经》，他说，诗三百,一言以蔽之，曰：思无邪。什么意思？就是说，诗经里的每一篇，无论孝子、忠臣、怨男愁女，皆出于真情流溢，毫无无病呻吟、虚假伪托之意，即言之有物，抒之有情。”

作协主席是个有心人，他说：“如此好山好水好心境，华老师怎能不给家乡留点墨宝和绘画佳作呢？”华宇似有预感，摇了摇头苦笑一下：“我之所以不敢乱跑，就怕人家太热情，逼我献丑。”大家心里明白他的苦衷，他的画每平方尺都以上万计，书法作品也是行情见涨，不写画吧，伤感情损口碑，写画吧，那可是真金白银，还容易泛滥成灾，鱼龙混杂。

主席从车里抱出一刀宣纸和笔墨染料，对着华宇谄笑道：“华老师，这宣纸有三十年了，是我在宣城买的，上次省书协主席来我都没舍得拿出来。这画毡，内蒙古纯羊毛的，第一次用。”华宇笑道：“也难为你老兄了。”他调好墨，浸润好笔，站在那里思忖着，画什么呢？到家乡总得画点有纪念意义的东西。他凝思冥想好长时间，才挥墨把夹谷山拉到梨花湖前，孔子左手擎着《诗经》，右手指向远方，目光越过湖面，四处的梨花由近及远争相怒放，几只蜜蜂徜徉其间，似有“嗡嗡”之音绕耳，不远处的晒书台上，子贡正跪在那里虔诚地晾晒着书简，隐约有“诗经”二字显现。他给画作做了进一步的完善后，便在右上角的留白处题上“孔子相鲁会齐侯之子贡晒书”，又用小楷百余字把当时的历史背景和晒书传说言简意赅地进行陈述，书画合璧，美不胜收。虽是仓促应景而作，但此画用时近两个小时，其间他没离开一步，未说一句话，凝心聚力，一气呵成。华宇盖完印章后，就虚脱般瘫坐下来，一动不动地喘着粗气。众人也都站在那里大气不敢出，不像对别的书画家那样鼓掌喝彩。

华宇理解大家对他的喜爱，喝了口水后，就依次为众人献上一幅书法作品，内容由各位自拟。成功兄非常勤快地跑上跑下，把画作和书法作品平放在晒书亭的长条桌上，对华宇说：“虽然没放在子贡晒书的石台上，但亭子通风透亮，佳作出圣地，还是相得益彰的。”

一直忙到下午一点多，饭店已经催了两次了，说冷菜都上桌了。大家正准备收拾往回返，突然，一阵西南风穿堂而过，平铺在桌上、地面的书法作品一阵翻卷，就横七竖八地躺在那里，只有那幅《孔子相鲁会齐侯之子贡晒书》图却随风起舞，越过亭子的北窗，忽忽悠悠飘向空中。大家一阵惊呼，跑出亭外追赶着。那画作像是有意作弄大家，上下左右变换着方向，眼看就要被抓住，又倏地升高盘旋，最后终于落到晒书台巨石石罅里生长着的那棵老棠棣树的枝头上。

棠棣树开满一树的白花，粗大的主干婀娜成两弯半的盆景造型，斜着身子临卧在深不见底的湖面上。大家眼睁睁地看着画作在枝头上随风轻轻舞动，一幅倾注着华宇这位大家心血的无价之宝眼看就要葬身湖中，急得捶胸顿足而无可奈何。有几个稍微年轻些的文友尝试着爬树救宝，但刚爬到树的半腰，就被脚底下十几米深处的湖水涌浪吓得缩了回来。

华宇无奈地看着自己的心血就要化作泡影，沮丧道："算了，也是天意，等我回京后再画一幅补上吧。哎，美术作品的创作和诗歌一样，是要靠激情和突发的灵感的，过去了，就很难再迸发出火花了。"

"我个小体轻，我上去试试。"成功兄说完就爬到树干的枝杈上，大家都劝他别冒险，毕竟是六十多岁的人了。他说自己从小上树偷枣摸梨的，跟走平路一样。大家就憋着气，心提到嗓子眼，看着他一点一点地朝上爬。他确实行动机敏，眼看就能够到画作了，他怕生拉硬拽会撕破画作，又向上挪了一个枝位，谁知他两脚着力的是一根枯枝，随着"咔嚓""妈呀"的声音传来，成功兄抓着半张撕裂的画作，"扑通"一声跌落在岩下的湖水中。

大家一阵惊呼，时逢仲春，湖水冰冷，岸上的人年龄都不小，没有谁水性好，只好打"110"报警，半个小时后，水警开着摩托艇过来潜水救人，找到成功兄时他已经停止了呼吸，两手还在死死抱着一团被泡模糊了的画作。

殡事过后，我和县作协主席及一帮文友去看黄月英。她依然沉浸在悲痛中，高大的身躯一夜间矮了很多，腰也开始佝偻。她沙哑着嗓子对大家说："老孙走了，你们莫忘了嫂子，这些年有些对不住了。"大家的眼又开始湿润，这个平日里被他们认为俗不可耐的女人，其实心里爱着自己的男人，又能体谅着别人。成功兄的离世，她没对谁有过一句抱怨，也没怨恨丈夫逞能多事，她只是说："他是为了自己喜欢的东西才死的，也是天意。”华宇饱含深情为成功兄亲笔拟撰了一副挽联：“棠棣花春风送悲声难挽留云住，晒书台我辈传哭音相随野鹤飞。”在安葬成功兄时，很多人劝黄月英收藏好，这是一笔值钱的财富。她苦笑一下：“送给他的，就是无价之宝，也要让他带走，他在那边，应该有他喜欢的东西陪着。”硬是把挽联覆盖在骨灰盒上下葬。

主席说：“嫂子，我们这些人没什么能耐，我和文化局、文联打了报告，准备给成功兄出个诗歌专集，等你缓过劲儿来，就把他的作品找出来，我们给他编辑成内部资料，分送到各位文友和有关部门。”黄月英说：“我不同意。”大家都一愣。她走进里间，拿出一摞诗稿来，已用针锥钻孔装订成册。“我平时都给他整理好了，一些粗制滥造的我都给剔除了，本来我想给他一个惊喜，我出钱给他找出版社出版，不要内部刊号，要正规出版。”她看了我一眼，“大兄弟，你有朋友和关系，这是四万块钱存折，你给找家出版社，明年这个时候，我想用他的诗集来给他上周坟。”

我的眼睛蒙胧，这摞手写的书稿里，有一些修改，字迹遒劲而俊秀，牛皮纸封面上写了三个字，可能是诗集的书名吧，叫《成功者》，其实，黄月英也是个读过书的人，在她的眼里，成功兄早就是成功人士了。

二　哥

1

我们的父辈都是邮电局单职工，架线的，也叫线路工。有一年，上面说子女顶替就剩最后一年了，以后就没有退休后子女接班这一说了。老爷子们慌了，纷纷要求提前退休，子女有不够年龄的就托关系改年龄，邮电局一下子换了二十多个小青年。

有趣的是，有四个人都叫建军，而且在家都排行老二，上班熟悉后，他们自觉不自觉地走到了一起。我虽然也叫建军，但在家是老大，正上高二，招工不够年龄，是虚改的。他们不带我玩，我偏不气恼，下班后他们上哪儿我上哪儿，他们骂我是“跟腚狗”，还警告我，俺们都是二愣子，别想跟俺们耍心眼。我们那里有句俗话，叫“大刁二愣三坏四害”，排行把性格为人好像都给定位好了。

确实，他们四人都很老实肯干，每人包两三个公社电话线杆线路的维护和更新。线杆都是南方的杂木棒，要经常用黑色的臭油油漆，不然会腐朽倒断，他们整天不停地干，发现有油漆脱落的，就整体油漆一遍，不像别人，涂涂抹抹小修小补应付过去。仓库材料员说，这臭东西要是还有别用，我都怀疑他们用来换钱了。因此，每天他们都很累，下班也很晚，从未早早回城，吃的都是食堂最后剩下的冷饭。有时他们也会买两瓶没有牌子的白瓶烧酒，在大宿舍里就着冷菜喝，我也会厚着脸皮去蹭两杯。我嘴甜，见面都喊他们二哥。

从年龄看，郭建军最大，二十四岁，依次是李建军、陈建军、刘建军，其中陈、刘都是二十一岁，相差也就几个月，李建军二十二岁。他们都以兄弟相称，大哥、二哥叫得有些乱。那天星期天我们都没回家，睡到半晌起来，昨晚打完牌说好早饭由我去买。我到街上想买点油条烧饼，结果都收摊了，回来对他们说，中午一起吃吧，我去买点猪头肉和小炸鱼，喝一气。郭建军警惕地看着我，你又惦记我在金山公社酒厂买的那一扎白酒了？那是准备回家给老头的。其他三人就讪讪不语，他觉得有些不好意思，又说那行吧。

他们都不是喜欢占小便宜的人，李建军把准备带回家的几个松花蛋也贡献出来，陈建军和刘建军偷偷溜出去，各自又买了几个熟菜，加上我买的，搞得空前丰盛。郭建军脸一红，我那酒尽管喝。五个人喝了三瓶半。

趁着酒意我起哄道，我叫你们谁二哥都行，可你四个叫起来会乱，倒不如按年龄分，排个一二三四，该叫啥叫啥。他们相视一下，认为有理。我说，干脆结拜一下，大家就算是亲兄弟了。郭建军说，你莫想掺和啊，要拜也是我们四个老二拜，俺们没工夫跟你耍心眼，你太刁了。我说，带不带我无所谓，只要带我玩耍就行。他们说我文化程度高，就让我给张罗仪式兼做见证人。李建军说，我就是二愣子的命，在家是老二，在这还是老二。

我给他们买了一张大红纸，裁成四份，各自写上“我们四人，愿义结金兰，成为生死兄弟，有福同享，有难同当，一荣俱荣，一损俱损”，然后写上他们的名字。我到院里的刺槐树上掰下一根葛针，他们分别用它刺破食指，先滴在盛酒的白搪瓷茶缸里，然后在自己的名字上盖上鲜红的手印，接着轮流把血丝缕缕的白酒给干了。本来他们还要加上“不求同年同月同日生，但求同年同月同日死”，让我给否决了，那不现实，说大了就不可信。从此，他们就哥啊弟地依序叫了起来，我还是统称他们为二哥。

第二年夏天，全省邮电系统职工内部招考，我考上了省邮电学校大专班。他们为我筹备了一场很风光的欢送仪式。陈建军那天喝得有些高，说多亏当初没带你，这真的荣了，我们能跟你一起上大学啊？李建军说，三弟太实在了，一荣俱荣不一定什么都一样，是相互提携照应一起进步的意思。

寒假回家，我溜到单位找他们玩。刘建军说，虽然你不是俺们的结拜兄弟，可从没拿你当外人。大哥的婚期请人算了黄道吉日，他知道你请假回来一趟不容易，还是坚持等你放假回家后再办，就推迟到腊月二十二了。我心中一热，郭建军接班前在老家就定了亲，他对象我们也都见过，叫王云，在农村算是美人坯子，高高爽爽长得透俊的。他曾犹豫过，好不容易农转非，在城里找个丑一点的正式工，生下的孩子也就不是农村户口了。可家里不同意，都下了聘礼了，双方也都去过对方家，风言风语都传出去了，不能担个进城就做陈世美的骂名。我们也觉得准嫂子长相周正性格温良，肯定是个贤妻良母，虽没有给他什么压力，也无人支持他退婚，这事终于有了结果。

喜酒喝完我们照例进洞房闹喜，把新娘折腾得哭笑不得。其他人胡闹她还会发些抱怨，我们几人她一点也不恼，等到众人散去平静下来，嫂子幽幽地对我们说，你大哥是个好人，进城还没蹬了俺。可你们别学他，还是要找个双职工。俺以后有了小孩，还指望他几个叔叔关照呢。大家面面相觑，心里不是个滋味。李建军说，大嫂放心，俺们是亲兄弟，以后孩子也不会分出个远近来的。

我打趣道，母鸡还没着落，就想着生蛋了，没羞。大家这才哈哈大笑，都说大学生比喻不当，俺们又不是小公鸡。

2

我在学校又考了专升本，接着到南邮读研究生，然后留校任教娶妻生子，和原单位算是彻底脱钩了。但四个建军二哥的工作及生活状态，我一直都有关注。郭建军得了个男孩，不到一年又偷生了一个姑娘，藏在他大姐家。李建军升任工程股副股长，和老局长的女儿春晓结婚了；陈建军是线路班班长，媳妇是和我们一起招工的话务员迎弟；刘建军的对象叫秀华，是县酒厂的发货员，哥儿几个买酒都找她，纯粮酿造的缸头酒。他们的喜酒我都喝了，用的都是这品种，味醇劲大，喝了很过瘾。在刘建军的喜宴上，李建军自豪道，老四的人生大事也算完成了，这也怪了，还真应了不是一家人不进一家门那句老话，这四个媳妇都投脾气，碰到一起就说个没完，比亲姐妹还亲。

1994 年 7 月初快放暑假的一天，我正在开会，腰里的 BP 机“嘀嘀”响了起来，我瞥了一眼，是李建军发来的，说大哥出事了，要我给他回个电话。我一惊，忙跑到办公室给他回了过去，他焦急地说，今天一早，郭建军和刘建军去抢修被暴风雨刮断的线路，谁知电话线和倒地的高压线交织在一起，刘建军触电倒地，郭建军用木棒挑开地上的高压线时，被电压打到路下，头摔到一个废弃的桥墩上，因公殉职了。

我赶回来时，郭建军的葬礼正在他老家进行。他的儿子华强有十来岁了，在送汤（到土地庙浇上路汤）的队伍前面披麻戴孝哭喊着，紧跟其后的是李建军、陈建军的儿子，刘建军的孩子还小，坐在一个玩具三轮车里，由他妈妈秀华推着，也行进在队列中。孩子们都是一样的孝服装束，除了那幼儿，也都很懂事地流着伤心的眼泪。大嫂眼泪都哭干了，嗓子哑得说不出话，坐在灵柩旁的干草上，两眼直勾勾地发呆，春晓、迎弟一人抓着她一只手，也跟着泪流不止。

刘建军还在住院，李建军和陈建军在这忙里忙外操持着葬礼。春晓说，四弟没有大碍，要不是大哥出手，他非烧煳了不可。可大哥自己却……李建军瞪了她一眼，这时，秀华抱着送汤回来的儿子进来，问了我一句小弟回来啦，就坐在草上哗哗地流着眼泪。大嫂抬起头，拼命挤出一句话，老四媳妇，回去吧，四弟还在医院里。秀华就扑过来抱着大嫂号啕大哭，大哥为了兄弟才把命丢了，你怎么还惦记他啊。

郭建军的后事圆满处理后，李建军把大家召集到一起，他说，老四在医院还没法过来，肖建军也不是外人，我们弟兄四个的结义跟他也有关。老大走了，我这二哥必须挑头领绠，兄弟情谊不仅不能断，而且不能淡。只要我们还活着，大哥家无论有什么事，咱哥三个都不能推，一定要让我们的下一代过得体体面面，活出个人样来。王云跪在那里哭着作揖拜谢。李建军说，大嫂放心，俺们结拜时承诺的话，绝不能当屁。

我也随着陈建军和几个嫂子表态，我们都听二哥的。

二哥首先考虑的是王云的工作问题。郭建军是因公殉职，评不评烈士无所谓，能给他老婆王云安排工作是最实惠的，最好能到邮电局上班。县局对郭建军的评价极高，也想帮助他的家属解决工作生活困难，但苦于没有人事劳资权力，只能答应积极争取全力配合。二哥就把老丈人求出来，让他出面找县里和市里。老爷子是个老革命，离休都十多年了，县委县政府的领导也都换得差不多了，但禁不起女婿的软磨硬泡，就跑到市里找做市长的老部下，说自己和郭建军非亲非故，只是要为把生命献给邮电事业的英雄讨个公道，再说一个寡妇娘们儿在家带着孩子，还要捣鼓那几亩责任田，心苦身累，会让死者不甘，活着的人心寒哪。老部下给了老人面子，写了一封信给县委书记，总算给王云特批了一个招工指标，在邮电局食堂做勤杂工，还分了两间平房宿舍。华强和一直没敢公开的妹妹华丽也说成是双胞胎，一起农转非，把户口落进了县城，转到县中读书了。

3

第三年暑假回老家，二哥他们三个请我喝酒，是在他们单位食堂。二哥已经升任分管工程、后勤财务的副局长，陈建军当了三产办的主任，只有刘建军还是个整天管着电缆、瓷壶、插墙铁的材料员。

王云已经走出了悲伤，她还在食堂，不做勤杂工了，管着买菜和采购油盐酱醋的几个人。见我来，她像是见到了久别的亲人，亲热得家里家外说个不停。我发现她比从前越发的年轻漂亮，穿着也很洋气，加上好身材，怎么也不会想到她的一双儿女都上中学了。当着人面她叫李建军哥三个局长、主任、刘师傅，私下就喊“他二叔”“他三叔”“他四叔”的。他们还是喊她大嫂，但不像从前那么掏心掏肺的亲热。我想叫她和我们一起坐下来边吃边聊，二哥冷着脸说，老爷们儿喝酒，女人上什么桌啊。

可能是身份有了区别，喝酒时二哥说得比较多，刘建军只是一个劲地倒酒劝酒，很少说话，陈建军说的也多是附和二哥。其间王云也进来两次送菜换烟，我让她喝两杯，她看了看二哥，就说自己从不喝酒借故走开了。

哎，不觉大哥都走了两整年了。二哥“咕咚”一口把大杯中的酒给干了，眼窝中有星星泪点。他叫刘建军把房门关上，对我说，大嫂家里家外做得都没什么可挑剔的，心思除了工作，就是照顾两个孩子。可她才三十多岁，以后的路还很长。有个副县长，死了老婆已经三年了，一个孩子也大学毕业，看好了她，而且像是死心塌地的，就不断托人介绍。别人说，只要我同意，这事就能成。大嫂也知道这事，估计也满意对方的条件。可我怎么表态？我说行，心里对不起大哥，说不行，又怕误了大嫂。说完就把头耷拉下来，虽看不清表情，泪水却滴滴答答流个不止。

陈建军、刘建军都看着我，我叹口气，还是叫大嫂自己拿主意吧，另外也可听听两个孩子的意见。

二哥猛地抬起头，快别提华强那浑蛋，不知随谁，进城后学得虚荣爱面，学习成绩确实是顶拔尖，可对穿的用的也很上心，老是和有钱有权人家比。这事不知他怎么知道了，就找到我求我答应。你说说，哪有儿子盼着妈妈改嫁的，这是什么玩意儿啊。

我说那就问问大嫂，我们兄弟四个都在场，授权给她，别让二哥担太多的责任。二哥看了看老三老四，说那好吧。

大嫂进来时眼泡都哭肿了。她说我们哥四个到食堂吃饭估计是为她的事，她和孩子能有今天，都是几个兄弟帮忙，尤其是他二叔。她什么都不想，只是想为大哥把两个孩子拉扯大，能考上大学成家立业就行了。

二哥说我不同意你的想法，拉扯孩子应该，可大哥在那边也不会想让你过不上好日子。今天都是亲人在场，你把心里话都说出来，以后就很难有这样的机会了。大嫂抽泣着犹豫不决，像是很矛盾。我鼓励道，大嫂，我们都是为了你好，你说吧。大嫂擦了擦眼泪，扭捏道，他要是愿意，就等两个孩子考上大学再说吧。大家面面相觑，都低下了头。二哥像是把一声叹息憋回去，我看得出，他对大嫂的表态有些失望。

4

我和他们平时很少电话联系。快到春节时，二哥给我打电话问过年回家不。我说岳父身体不好，和父母请过假了，今年不回去了。他停顿了一下，就说那就在电话里说吧。他说王云和那副县长领证了，是他催的。那人总是托人找他喝酒，华强也有事没事找他套近乎。他清楚这都是给他灌迷魂汤，目的是让他松口。他就说只要王云高兴，自己大力支持，王云要是还坚持孩子考上大学再到一起，那就先去把证领了。王云说她不会在孩子没上大学前过去的，可还是领了结婚证。末了他在电话里骂道，妈的，我老是梦见大哥用眼瞪我。

两年后，邮政和电信分家，二哥当了电信局一把手。刘建军也停薪留职，包了三间门面房，做起了工程电料销售批发生意。他长期做进库出库的材料员，有厂家的人脉和业务关系，电信、移动和广电光缆他都做，工程量他做得最大，业务都做到市里和其他县区。有一次他到省城开供货会，把我叫到“狮子楼”喝酒，还带了一个花枝招展的女秘书。他对我说，老二当了一把手后脾气大了，对他也严格要求，进货不论多少，都走招投标程序，一点绿灯都不给他开，经常败给其他供货商。我说二哥做得对，你们哥儿俩的关系谁都清楚，还是清清亮亮的好。他不以为然，打仗亲兄弟，上阵父子兵，谁还没有个亲疏远近哪。我说挣钱到哪儿都行，不能给二哥添口舌。他见我没有附和他，又说道，可他也不该打华强啊，一个没爸的孩子，他竟然下得了手。我一惊，不到万不得已，二哥打谁也不会打大哥的孩子。细问才知，那孩子在高考前，想把自己的姓改成那副县长的，说他不想让人知道自己没有父亲。我知道，这孩子虚荣，还是想在大学中让人把他当干部子女。

那大嫂什么态度？我担心大嫂想不开。

她呀，站在老二一边。刘建军说，她说如果要改姓，她这就和那人把结婚证换成离婚证，她已经对不住大哥了。那天，二哥对着大哥的照片看了半宿，眼直勾勾的，没人敢过去和他说话，最后华强过去喊他二叔，承认自己错了。他才搂着华强号啕大哭，说二叔错了，不该打孩子。

这年高考，华强的成绩不错，二哥对他说，就报你肖叔那学校。南邮的很多专业都是国内一流，有种你就去报个热门专业。刚巧华强的成绩在我们校的录取线内，他和二哥都如愿以偿。

华强入学是随我一起坐公交车来的。二哥前一天晚上摆了一桌送行宴，他对大嫂和那副县长说，华强就跟他肖叔一起走吧，你们谁都不要去送，我知道你老兄有公车，但那个谱不能摆，有本事自己以后去争取。华强似乎有些不悦，二哥察觉到了，他有些威严道，俺们祖祖辈辈都是庄户人，能走到今天就很不错了。大嫂很感谢二哥对孩子的严要求，还强调我也不能在学校惯着他。

华强在学校成绩过硬，又善交际，不到一年在学生会里就很有名。我也听说他吹嘘我是他的亲叔叔，他的老爸是副县长，二叔是电信局局长，得到了很多漂亮女学生的青睐。好在他不是花花公子的类型，没有什么过格的事发生，我在大学见多了这些年轻孩子的虚荣，除了偶尔敲打他一下，很少给他定条条框框。

毕业前华强有两个选择，一是保研，以他的成绩和我与他们学院领导的关系是不成问题的。二是参加工作，我已和学生处说好，去一线城市或留省城也没问题。但他们市电信局来学校多次，承诺只要回家乡，一律留在市局，作为重点人才培养。我主张前者，或者去大城市发展。谁知华强和二哥及大嫂和那副县长都主张回去工作。我问二哥为何不支持华强再上一个层次，要想工作留省城或进京去沪也行啊。二哥笑着解释道，我们这里邮电重点院校毕业的很少，他回去摔打两年肯定能进班子挑大梁，跑到大城市干吗？宁做鸡头不做凤尾的道理你还不懂？我想也是，我在大学也算是高级职称，官阶也是处级，可总感觉没有二哥这科级风光实惠。

华强好像又和我们的想法都有出入，他离开南京前居然在百家湖按揭买了一套房子。我不解道，你哪儿来的首付钱？那何必不留在南京？他笑着说，这房价才两千多一点，首付是我跟那老爷子借的，也就五万块，有借款手续的，利率和银行同步，是要还的。那时还没有房产投资的概念，我说人不在这里，借钱买个空房子扔在这里有什么意义？他自信一笑，叔，我怎么会久居苏北？省城我肯定会回来的。我相信他的能力和眼光，就告诫他无论干什么，要本本分分踏踏实实。

二哥到省局开会时，我问他知不知道华强买房的事，他愣了一下，说他刚知道，华强和大嫂还闹了一仗。他借钱大嫂不知道，是从那副主任（副县长转任人大副主任）的儿媳妇那儿听说的，那女子转身还嘀咕一句“早就看他们高攀老爷子心术不正”。大嫂不愿担这个臭名，就逼着华强退房还钱。华强不干，大嫂就要把以前房改给她的那三间平房卖掉，绝不给人留话把。当时县城的房地产刚起步，房价便宜得很，根本没人出这个价来买那旧平房。大嫂就找二哥商量，和副主任还是好聚好散，反正有借款手续，分开后，华强和副主任也就是借债人和债主的关系，砸锅卖铁也会还上。二哥骂她糊涂，离婚这念头只到他这儿就要掐灭。又把华强找来骂了一顿，偷偷给了他五万，让他哄骗大嫂和副主任，说当初买房是一时冲动，确实也没那必要，就把房退了。

我认为这样处理不妥，问借钱这事二嫂知道不？二哥尴尬一笑，让我也假装不知道。我知道他在家甩大袖子惯了，工资奖金都归二嫂管，他又不是好贪的人，这五万块也不是小数目，我就说我分担一半吧，实在不行，让老四刘建军出点，他做生意不缺钱。二哥说千万不能让老四知道，大嫂从不麻烦他，他一直觉得大哥是因他而死，跟他借钱，等于是讨债的。二哥劝我放心，市局每年还有块奖金，二嫂不清楚多少，再凑一点，憋不着。我也倾向退房，首付且不讲，刚工作就得还房贷，自找压力不值得。二哥眼一瞪，退房那么容易？再说华强有杀回省城的志向，我们做长辈的应该支持。我看得出，二哥对华强有些护犊子。

5

华强工作后三个月就回母校找到我，说市局领导很重视新分配的大学生，常和他们谈心鼓励，并对本系统员工的整体文化素质很焦虑。分家时，邮政属事业单位，财政拨款，很多有学历的人都过去了。电信是企业性质，只好收留下那些线路工、邮递员等出大力的人。未来电信事业发展，光靠每年新分配的大学生是很难适应的。华强就建议，在全市选拔一批年轻有培养前途的一线职工带薪到我们学校脱产学习，给不给文凭无所谓，关键是要让他们感受大学的文化氛围，提高专业理论水平。领导很高兴，知道他和我的关系，就派他先来和我沟通。

我对这孩子的表现很难做出准确的判断，不知是该支持鼓励，还是劝他踏实低调。再说，我们学校也没有成人教育学院，这还涉及学制长短、师资配备、食宿安排、学籍管理、文凭发放一系列问题，他这独出心裁的皮球又踢给我，确实让我为难。

二哥适时给我打来电话，口气带有命令式，不容置疑，你我都这年岁了，不给孩子当铺路石还有啥用？再说了，什么事不是人做的，又有什么事是人做不成的？关键看你用心不用心。我哭笑不得，让华强先住下，容我考虑周全再找领导汇报。

谁知书记和校长对此很感兴趣，缺少成教学院这个短板他们早就看到了，有人主动上门送人送钱送规模，试验成功可在全省或国内其他省区推开，也是学校创新创收工作的一大亮点，可以考虑。就让我通知华强市局的主要领导过来面谈，把我考虑的那几项担心都解决掉了。

华强回去不知是怎么汇报的，反正他们局的主要领导悉数而至，为了彰显二哥和我的关系，县局领导只有他一人参加，很多事情一次都当面拍板解决了。第二年春节后，首届电信业务培训班开学，共有六十名学员参训，分两个小班，华强作为联络员，每月来学校检查一次学员的学习、生活和课外活动情况。

第一期学制一年。毕业典礼上，我们学校校长把省局（电信总公司）的一把手请来，和华强他们局的局长共同为学员颁发结业证书。省委组织部干部培训处的一个处长还代表部领导致贺词，说干部培训要持续、健康有创新地开展。学员们个个兴奋得脸颊红扑扑的，省委组织部都承认他们是干部了。

仪式结束后，二哥兴冲冲地把我拉到一边说，兄弟，你的功劳太大了。刚才市局老大跟我说了，准备让华强到局办公室做副主任。这小子才工作几天啊，就到副科了，让他回去还是对的吧？我担心有些拔苗助长，二哥不以为然，我们这些爬电线杆子的大老粗不能老是赖在领导位置上，就是要让这些有文化、高素质的年轻人尽快成长挑大梁。

6

我时常关注着华强，从市局朋友和二哥那里侧面了解到，他工作勤奋，情商也高，上上下下反映都是正面的。一些领导和同事给他介绍对象，即使不愿意他回复得也很婉转得体，很多本系统漂亮优秀的女孩都仰慕他，但他从不朝三暮四招惹人家，给人稳重朴实的感觉。二哥在电话中对我说，这小子随大哥，不是见了漂亮女人走不动的人，这方面我放心。不过都二十好几了，该谈对象还是要谈的，我相中了好几个，又不好给他定，你抽空敲打敲打他。我劝二哥不要什么事都帮他考虑，孩子大了，终身大事还是让他自己定。二哥说，他之所以打这电话给我，因为昨晚他又梦见大哥了，大哥说华强那小子是闷头刁，得常拎拎他的耳朵让他长记性。他觉得这梦有些蹊跷。我最担心的事叫大哥在梦里说了，我提醒二哥，越是表现好，越要严格要求，年轻人最怕多心计，这样可能一时顺利，一旦栽跟头，受的就不是小伤。二哥笑我顺杆子朝上爬，梦里的话也当真。

我带的研究生中有个是华强的学妹，形象、为人都很优秀，毕业分在省移动总公司，一直对华强有好感，我有意撮合他们俩。我对他说，你不是想杀回省城吗，你们关系定了也有理由回来，也断了其他人惦记你的念想儿，因为个人问题处理不好得罪人的事很多，时间长了会给人有挑花眼的错觉，别把一手好牌打烂了。他不愿找个学历比他高的，同时让我放心，他会把握好的。

没多久二哥兴冲冲地打电话告诉我，华强的个人问题有眉目了，是市局局长的外甥女，在市委组织部做公务员。他叫我抽空回去一趟，大嫂想叫我们哥儿几个一起和女方家长见个面，把亲事给定了。

老四刘建军那天在日本出差，分别给我们打了电话，致歉同时表态，只要大家看好，尤其是二哥，他大力支持，并会提供未来喜宴的承包赞助。姑娘比华强大两岁，长得高高大大很朴实的样子。她的父母有些愚讷，什么事都听她舅舅的。二哥很高兴，夸女孩有志向，大专毕业自学本科，又考上公务员，而且是权力核心组织部，千里挑一啊。我看了看华强，他表现得很殷勤，在场的每个人他都能照顾到，女孩渐渐也不再紧张矜持，叔啊伯地叫起来，对大嫂又是夹菜又是递水。我总觉得华强的眼睛很少朝她身上放，大嫂的客套也显生分。

临回的时候我悄悄问大嫂对女孩的印象，她犹豫了一下，说给华强介绍的很多，论长相和家庭条件，都不比这丫头差。我问她满不满意，她苦笑了一下，丑俊是次要的，主要是她家太穷了，下面还有两个弟弟上大学。我说那不是问题，关键是人品好能对华强有帮助就行。大嫂笑了，小弟和你二哥想法一样，这我就放心了。

7

华强婚后不久，就到下面的县挂职一年做副局长。他到省里开会到我家闲聊，说到了那里才知道，全市没有一个县区的家底有老家电信局厚实。二叔这些年苦心经营，业绩在全省都是一流的。可惜二叔学历、年龄限制，要不然早到市局做领导了。

我从省委组织部学生那里听说，国企高层班子要调整，华强媳妇的舅舅也在考察之列。那天我和二哥通话时随口提起，他先是惊喜，接着便打了个顿，说就这样吧。匆匆挂了电话，直接去找他这个上司，说你临走之前要把华强的职务给明确了。局长很为难，各县区的一把手都干得好好的，突击调整他一人，目标太显眼，也违背组织纪律和干部提拔程序。第二天，二哥就从县医院开了一张病假条，说自己患有冠心病，要到省城做支架手术，以后可能很难正常上班，请市局考虑自己的接班人选。局长知道他的良苦用心，和市委组织部打了招呼并报省总公司备案，召开党委会研究，任命华强为局长，二哥做党委书记。

二哥在交接仪式之后单独对华强说，在单位，不存在长辈晚辈，我也不是你二叔。你是一把手，我给你打下手，别大事小事烦我，我该歇歇了，党建的事我来抓，财务、人事绝不插手，最好也别征求我的意见，我知道了，反而会给你下绊子。第二天就跑到省城，找了一家熟悉的医院，一躺就是三个月。他不准华强和班子任何人过来陪伴或探视，老三陈建军和大嫂、二嫂来看了一下，也被他撵了回去。他心脏不好是个老毛病，借机休养一下也是好事情。

老四刘建军很忙，但来看二哥比别人勤，带的一些吃的、保健品都是高档货，很多都是进口的。二哥告诫他，少去烦华强，你那几金几险也自己交吧，给你保留个身份该知足了。刘建军说这些小事不用你惦记，你只要身体好好的，退休后旅游玩耍我都包了。

说归说，华强很多事情还是打电话找二哥商量。二哥努力变换身份角色，说话不再居高临下了，他说华强啊，你是局长，当断则断，我是二线，事后让办公室告诉我一下就行了。我说于公于私，华强应该这么做。他不以为然，说我除了代他在县里开个会，什么事都不管，一管，他就甩不开膀子。

华强的工作确实出色，信息扶贫、互联网全县村村无死角、农村青年互联网创业、省际电信竞争树标杆……一个个活动有始有终卓有成效，县市的组织、宣传、政法和工青妇，很多部门都找他合作，其实就是拿电信的创新工作给自己贴金。华强也深谙此道，有求必应，样样搞得风生水起，省市的一些和电信无关的部门创新会议上，也常有他的身影，我们学校的杰出校友栏中也有他的照片。

面对移动、联通、铁通和广电等部门对电话、互联网的渗透和业务竞争，华强从不中伤对手，有时还会施以援手，他的年龄虽小，却是同僚敬仰的县内相关行业的老大。二哥对我说，我如果事事都跟着掺和，他能放开手脚做得这么有声有色吗？对自己的孩子，要放心、放权，更要放手。我不知为什么缀了一句，但不能放任。

二哥的儿子大学毕业到苏州工作，要买房子。二哥东凑西借的时候，他的卡上多了五万块钱，他问华强，是不是他的。华强未置可否，说早该还二叔的，这几年又买房又结婚的，一直拖到现在，怪对不起二叔的。二哥说那行吧，别再告诉你二婶了，就算给你弟弟救急了。

一天夜里，一个陌生电话打入，我摁了没接，紧接着过来一条信息：我是刘建军。我忙回了过去，他说用的是临时号码，怕被人监听，问我某个市的纪委里有熟人不。我一惊，他肯定摊上事了，这么晚用临时电话打听纪委，挺吓人的，忙问怎么了。他紧张道，那个市电信局分管采购的副局长受贿给抓了，把他也供出来了。纪委把他公司的账给抱走了，天亮后他就得去办案点接受质询。我知道他这行很少有不搞猫腻的，就说，你也就是为了中标才行的贿，估计找你落实一下，你就实话实说呗。你非党非团的，大不了经济损失一点。他在电话里支支吾吾半天才说，账上还有其他的支出，我怕……我的头一蒙，难道你跟二哥也有……？他忙否认，八辈子也没那回事，那不是癞蛤蟆钻夜壶，找尿吗？我这些年，从没在他手里多赚过一分钱，干的那点活，也是别人不愿干的。我放下心来，那还有啥可怕的，就事论事，该交代交代呗。他憋了半天，才说，我跟华强……天啊，我突然想起，这些日子他在老家搞什么电商村村有的工程，难道……？

我吼了起来，老四，害天害地，你可不能害了华强，那你就把大哥的根给断了，你清楚大哥是怎么死的。刘建军在那边哭了，我怎么能忘记？我一直想弥补自己对大哥的愧歉，这些年我为华强结婚、买房花了几十万，这次工程，华强说是报答四叔的。我们叔侄之间的事，谁想到会被这个八竿子打不着的王八蛋给扯出来。说着在那边号啕起来，还鬼哭狼嚎求我无论如何也要想办法找人帮华强渡过这一劫。

妻子在旁边也听出了大概，她说老四帮华强理所当然，只要别扯上这次工程，没什么大不了的。我就让他冷静一下，问他这次工程在程序上有没有明显的舞弊行为。他说，不管是招标通告约定的报名时间，还是投标单位数量和资质，都合法合规。我让他跟我说实话，那些投标的竞争对手有没有问题。他嘟囔着，只有一个是真的竞争对手，我花钱摆平了，其他几个都是我朋友，来陪标的，他们也常找我陪标。我叹了口气，知道他和华强真有串通。就说，既然如此，你也不必做贼心虚没事找事，关键要想想账上有没有牵涉到华强的硬伤。他说，之前给的那些都没入账，只是最近替华强还二哥的那五万是从公关经费中支出的，是让财务办的，走了公司账，会计多事，还注明是给我们县局局长的，这事正好发生在我承揽工程之后。

8

二哥接到我的电话像是心有灵犀，他说最近眼皮老是跳，今夜更是觉得有什么事要发生，都下半夜了，他还在心不在焉地看电视。

我把老四的通话内容给他简要复述了一遍。二哥说，这事他知道，华强已叫办公室把这次工程的实施全过程向他做了汇报。他一眼就看出了工程利润率是高于他主政期间的上限的。不过也不算出格，放在哪里也都经得起推敲。这些年承包商私下都骂他铁公鸡。不过话说回来，没有利润谁给你白帮忙？所以他也未给华强提出不同意见。老四这些年没有从他手中干过一项赚钱的工程，再让下一代学着他刻意堵死老四回县发展的路子，于情于理都有些过分。谁知这等叔侄关系一旦和利益挂钩，也会变得如此的恶俗和见不得阳光。

兄弟呀，当初你提醒我放权、放心的同时不能放任，没想到让你言中了。二哥在电话里声音有些苍老无奈，华强这孩子太顺了，他在南京那套房子都值上百万了，涨了十几倍，还不满足。我那五万本来就没打算要他还，他居然让老四帮他还，他有本领回馈他四叔啊。世道变了，哎！

我急着问他有什么想法。他说，老四虽然重情重义不会害华强，可他那两下子，是经不起纪委那些高人盘问的。得早做决断，掐掉他们关注华强的目光。我不明就里，让他说仔细一点。他犹豫了一下，说还没想好；但这事不让我管了，装作什么都不知道，也不要再和老四联系了，临了却把刘建军的临时号码要了过去。他似乎有了主意，最后说，怎么也不能让华强跌倒在叔叔们跟前。

以后发生的事我是从各方面汇总后得知的。

第二天，二哥东挪西借凑齐了五万块钱现金，找到县纪委书记，说自己一时糊涂，因为儿子在苏州买房有资金缺口，就接受了刘建军的五万元贿赂。刘建军对他说，是时候回报他这些年对自己在工程施工中的关照了。这些天他左思右想，坐立不安，就主动投案，争取组织宽大处理，并把自己的银行卡号和五万元打给儿子的银行流水单一并交了上去。

纪委书记是新来的，他已接到刘建军案发所在市纪委让他们协查本县电信局局长收受贿赂五万元的通知，正准备对华强立案侦查，谁知行贿对象竟是前任老局长。他向县委书记汇报后，就组织了精明强干的专门班子，对电信局二哥任职以来的工程施工和财务状况进行全面核查审计。他要在上任伊始，搞只老虎祭旗，对全县的腐败官员进行现行震慑。专案组公布了举报电话，挂了两个举报信箱，前后一个半月，查阅财务卷宗数百卷，调查走访了施工企业和老板数十家（人），整理调查笔录上千页。最后结果出来，除了他投案上缴所得的五万元，别的真的再也找不出二哥的经济问题了。

二哥虽然是主动自首并全额退缴赃款，但还是有刘建军案发和他通风报信的嫌疑。鉴于他俩的特殊关系，说有利益交织也行，说是兄弟感情交往也行，县纪委就建议市局党委给予二哥留党察看一年、行政撤职的处分。

华强是在一个周末的晚上来到我家的，他跪在我的面前号啕大哭，是我害了二叔啊。我想找纪委说明情况并自首，二叔拿着一瓶“敌敌畏”要当着我的面喝掉，他说只要我吸取教训本分做人，他做什么都值了。

我抽空回了趟老家，发现二哥的头发都白了。他和我喝了不少酒，然后央求我陪他一起去给大哥上个坟。那是个秋后的下午，西北风吹着冷冰冰的哨子，把火纸燃过的灰烬攒成一个小气旋，绕着二哥旋转。二哥老泪纵横，说大哥啊，我知道你惦记二弟，没事的，只要孩子平安顺利不走歪道，俺这哥儿几个就没白结义一场。

乡 愁

“想喝点水吗？”常远的头还是疼痛欲裂，嗓眼中像是冒火，他挣扎着欠起身，昏黄的灯光下，母亲一脸愁容坐在床边，颤巍巍地给他递过一白碗蜂蜜水，他“咕咚咕咚”喝了下去，感觉从嘴到胃都发出一阵像烧红的铁板被水浇过的“嘶嘶”声音。他愧疚地看着快八十岁的老母亲，“妈，你又一夜没睡！”母亲说：“昨晚他们要送你去宾馆，你死活还要陪我。还好，都吐出来了。”母亲床前砖铺的地面被盖上一层厚厚的炉灰，下面肯定是他的呕吐物。

春节前，常远接到老家县委、县政府的邀请函，请他参加正月初一的家乡发展恳谈会。他知道，也就是把县内在外工作的成功人士邀到一起，吃顿饭，沟通一下感情。他本来想借故推辞的，但回家过年早就定了，他有四年没回老家过年了，女儿念念在澳洲，结婚后有孩子，他和妻子有两个春节都到那里过。还有一年，他应邀参加首都各界人士春节团拜会，作为知名大学的副校长和著名的人口老龄化及老龄经济研究专家，他那次还和高层领导探讨了二十年后中国春节亲人团聚的喜和忧。兄妹四人他是老大，最小的妹妹仅小他四岁，婆家也在本村。他高考、出国一路顺风顺水，很少给家里增添负担，但他心里清楚，是弟弟妹妹在大包干后撑起了这个家。父亲多病，在他结婚后就去世了，他觉得愧对家人，就争取每年春节回家。近年，他给母亲配了可视频手机，但每次看到屏幕中母亲的容颜除了日渐苍老，还有更多的思念和牵挂。他和妻子也把母亲接到过北京，可住了不到一周，母亲就想家，她不是靠言语表达，而是用恍惚和生病提醒他们，她更多惦记家中的两个儿子和女儿，回到家，又一切照旧。

本来他是和妻子一起来的，临行前两天，岳母打电话来，说岳父一早起来摔倒了，送到医院诊断为轻度血栓。妻子只有一个弟弟，一家人在美国。他俩就在医院陪了两天，等病情稳定，他才在老人的催促下，独自登上最后一班飞机回到老家，赶上了等他都有些凉的年夜饭。

母亲和妻子连线视频，和岳父岳母说了几句过年喜庆话，放下电话后就叹口气说："你该陪陪他们，念念妈一个人在家多难受。我这里还有你弟弟妹妹。"二弟冒出一句："你又说这话，天天念叨，俺们能和大哥比吗？"他一愣，听出其中的不满之意。三弟和妹妹家的孩子都很争气，高考分数只要过了线，他都动用全身解数，让他们上了心仪的大学，目前都毕业工作，有的还在国外，只有二弟家的一双儿女，复读了两三年，也够不上本科线，他只好和省内的大学朋友打招呼，一个上了专科，一个读本三，毕业后也没找到理想的工作。二弟和弟媳妇就抱怨他没尽力。

弟兄三个和妹夫开始喝酒，晚辈们意思意思就到一边去了，有的抱着手机上网聊天游戏，有的到电视机前看春晚。外面的鞭炮

“噼里啪啦”，听不清人言语。二弟媳妇和老三媳妇平时有点芥蒂，小妹就在中间和稀泥，大面上还过得去。三人到厨房把菜又热了热，待鞭炮声稀疏，四个男人就陪着母亲边喝边聊。妹夫问他能在家几天，他说初五就准备回去，明天还得到县里开恳谈会。二弟就没好气地说：“跟他们啰唆什么？指不定又要给你下什么套。”他不解，妹夫就说：“大哥说什么也都是为了家乡好。”接着端着酒杯轮番敬酒。母亲提醒不要喝多了，老大刚下飞机还没缓过来。然后对他说：“你好几年都没回家了，你大伯、三叔和四叔要去拜拜，虽说不像从前缺吃少穿的，他们手头还是很紧的，每家给几百。”常远说：“我想请爷儿几个坐一坐，一桌不行两桌。”三弟说：“你看还有几家能凑到一起的？大伯家弟兄俩仇敌一样，三叔、四叔哥儿俩都不谈腔，那弟兄几个，更是你争我斗的。”母亲叹口气：“也不是俺这一大家这样，哪家又是好的？不知怎的，人怎么越变越生分了呢？可一窝屁不能嫌臭，怎么也是一个老陵葬的祖，该团拢的还要团拢。明天常远该忙什么忙什么，初二各家都请贵客（女婿），初三我办两桌，常远去请，你的面子他们还会给的。”二弟三弟对视了一下，也没敢提反对意见。

初一醒来，常远发现母亲已经把煮好的饺子放到院中的小桌上，他从小就知道那是敬老天。有他在，弟弟妹妹都没来，母子俩就喝着炒米水，吃着素菜饺。母亲说：“我从进了你们常家门，就按你奶奶的要求来，过年初一先喝炒米水，吃素菜饺子，初二才能吃肉馅的。这是常家祖传下来的规矩，你们这一辈都还能照办，可到孙子辈就传不下去了，没人喜欢喝炒米水。”常远笑着说：“吃什么不重要，家和万事兴的传统不能忘。”母亲叹口气：“难啊。”

这个叫常福林的小村不大，被一条乡间水泥主干道分成南北两部分，路北的是成片的小楼，由于地基高低不一，显得楼高参差不齐，听说为地基的高低，邻居间没有几家和睦的。路南则是一片低矮的房舍，很多都是用水泥大砖垒砌的，有的连粉刷都没有。常远知道，这里每村都这样，儿子成家后，多年的积攒也就空了，老人就被赶到村外垒两间平房，能遮风避雨苟活度日就行了，土地部门不批宅基地，就当作临时建筑。时间一长，就形成了一个老人集居区，一到晚上，黑灯瞎火的一片凄凉。大伯、三叔、四叔都住在那里。像母亲这样住在路北的，全村没几个，老人们都说母亲是托他的福。

到大伯家时，老两口还没吃饭。大伯在朝院里搬小桌，大妈还在烧火准备煮饺子。常远给大伯六百块钱，还有带来的糖果点心。大伯客套了一下，就和他坐下喝茶。大伯说："远啊，你得把大力、二力弟兄俩叫一块坐坐，就为那不到二尺宽的地界，非要争得你死我活，还是亲兄弟吗？都三年没有来往了，我和你大妈杵在中间，说什么都没人听。年前你大妈住院，没一个上前的。"说完就老泪纵横。这事常远听母亲说过，大力哥翻盖小楼，隔壁的二力弟怕压坏了他的平房，要老大退让二尺。老大不让，争执起来，最后动起手来，连两家的下一代都打成一锅粥，最后惊动了法院，大力哥让了一尺，还签了协议，如果二力家房子出现裂缝，还要赔偿损失。

三叔和四叔不睦已久，大伯自觉没资格说，母亲从中没少做工作，但收效甚微。四叔酗酒，整日不醒，想起来就会到三叔门前骂街，还把他给晚辈们结婚生子送去的礼钱都讨要回来，发誓和三叔断绝一切关系。每次回家常远都头疼，他不敢去找他们交流，那会有陈年古辈的枝叶梗蔓和是非曲直要他评断，让他脱身不得，都是自己长辈，孰是孰非他哪敢评判，说谁也不行，弄不好还会招致一顿臭骂。因此到了他们家，也是匆匆问候一下，丢下钱就说要到县里开恳谈会，四叔还要和他喝杯早酒，正巧，镇里派来的小车来接他去县城，他才趁机得以脱身。

县行政中心已搬到临海的新城。这里高楼林立，道路宽敞，就是人烟稀少。县委书记姓郝，很年轻，在这做一把手已有五年了，他是北大的博士，被市里作为特殊人才引进过来，当了两年书记大秘，就转任市委研究室主任，后来就到这里主政。一到任他就到北京拜访过常远，很谦虚地叫他先生，还要聘他为县里的经济顾问。常远觉得顾问是要顾要问的，自己哪有精力时间和能耐？但盛情难却，那年暑假，他硬是被请回家乡给全县上千名干部搞了一个《应对未来老龄化社会及养老经济》的专题讲座。他比为中央党校省部级干部做讲座准备得还充分，反响很大，本省的各级媒体都做了摘要宣传。

恳谈会设在海边的一个五星级酒店，规模不小，全国各地的车牌差不多都有。他下车时，发现郝书记带着县四大班子的主要领导都站在门厅前迎接。他和大家握手互致新春祝福后，就被接待办主任引领到宴会大厅一侧的小客厅。里面已坐满了客人，他很少有认识的，主任把他介绍给大家，大家都站起身和他招呼致意，一个年龄和他相仿的人走过来和他握手："我是林国荣，我在中央党校听过你的报告，没想到你这知名的经济专家还是我的正牌老乡，下次进京，一定去找你。"他有些茫然，旁边有人站起来说，这是邻省的省委常委林副省长，这次也在百忙之中专程回来参加家乡发展恳谈会。他忙对大家歉意道："我就一教书的，平时疏于交往，和老家及在外的领导大家接触不多，不敬之处还请谅解！"林国荣说："油腔滑调行走江湖的不是专家，那是招摇撞骗的忽悠砖家，砖头的砖。而你则不同，国家发展战略智库专家，中央领导智囊团成员，你的研究成果和观点，有时都会影响中国未来的发展走向。"他的脸一红："林省长言重了，一个教书匠，没那么大的能量。"

与会者有近两百人，常远被安排到主桌，上面都有写上名字的席卡，座椅上放着一个印制精美的纸袋，里面装有全县经济社会发展的成果手册和光盘，还有与会者的花名册。他粗略地浏览了一下，才知道家乡真是藏龙卧虎，出席今天会议的估计只是少数，但已看出在全国各地各行各业中豪杰不少：有上市公司的老总，有远居海外的金融家，大学副校长一级有七八个，副厅级干部都上不了主桌，坐在他对面的居然是一位海军少将。他和林副省长分坐在郝书记的两侧，可见书记对他的敬重。家乡虽然偏僻欠发达，但恢复高考后，每年走出去的大学生却令其他县市嫉妒侧目，人才不少，却极少还乡，对家乡的发展，谈不上有多大帮助，那次郝书记和他慨叹，我这里是精英圣（剩）地啊。

会议流程和预料的差不多，郝书记致辞，播放成果展 PPT，各个重点领域杰出代表发言，他之前和书记打过招呼，自己该说的四年前都说过了，有什么新想法可私下交流。在林副省长讲完话后，他还是被请到台上。他是一个怎么也摆脱不掉羞涩的人，数千人规模，国家级领导，只要是他熟悉的领域，他能深入浅出，讲得通俗易懂引人入胜，可一遇到应酬类客套，他就会脸红心跳不知所云。他站在台上很惶恐，只是抱着双拳给大家拜年祝福，说了几句感谢家乡领导父老，祝福明天更美好的话，就汗津津地回到座上。郝书记说先生言简意赅，表达的是对故乡的拳拳之情。林副省长说理解理解，有些话不宜在这种场合说。他暗暗叫苦，自己临场发挥的能力真的有限。

午宴很丰盛，但没上酒水，大家很理解，八项规定这高压线悬在那里，还有大过年的，谁也不想在这呼呼啦啦的人群中喝那玩意儿，都是酒场上泡出来的，没有实质意义的酒喝起来更没意义。郝书记带着四大班子主要领导端着矿泉水逐桌拜年问候，县里其他领导就按级别层次轮番到主桌敬水。常远老家现在属于城关镇，镇书记还兼着县委常委，他敬完林副省长后就敬常远，常远站起身以示尊敬，他就趁机把常远拉到一边："年前没抽出时间去看大妈，我让秘书去了。"母亲说了，镇里给她送来海鲜肉类一大堆，年货基本不用买。他当时很惊讶，自己和镇里的领导不熟悉，老书记听说去年调到市里做农委领导，新书记刚到没接触。这时他就很真心地表达了谢意。镇书记低声说："饭后您就在这宾馆休息一下，房间都安排好了，五点我叫镇长来接您，我们找个地方再聚聚，不喝酒算什么过年。老大也去，我们小范围坐坐。"常远想谢绝，这时副县长、人大常委会副主任都过来敬他，镇书记说就这么定了，就去敬别的客人了。

散席后，一个文质彬彬的年轻人走到他跟前："常校长好，我是城关镇的党委秘书，我陪您去房间休息。"就不由分说地拿过他的风衣，在前面带路。他发现，与会的嘉宾很少有回去的，大多住在这里，从上电梯到去房间的路上，到处都是人，大家都很客气地和他打着招呼。他一脸谦卑地拱手回谢，和秘书来到七楼一个豪华套间。他真诚感谢秘书，送给秘书一本自己的专著，然后关上门，坐在沙发上静静地发愣。

房间内温暖如春，几个红木花架上摆满鲜花，一盆水仙花叶片青翠欲滴，花蕊白中带黄，火红的杜鹃花造型为悬崖，从上到下红彤彤地倾泻着动感，根爪遒劲、枝干弯曲的迎春花透着岁月的沧桑，披挂着一身娇艳的鹅黄，日本贴梗海棠树桩矮壮含苞欲放，预示着绽放后的辉煌。他对老家的冬天既爱又怕，爱它的粗犷豪放，怕它的肃杀冰凉。女儿每次春节回家，都被寒冷吓得心有余悸，说奶奶家屋里屋外一样冰凉，家的温暖都被寒冷稀释了。这里南方人说冷，北方人也说冷，自古就没有烧炕取暖的，要问怎么度过漫长的寒冬，他就笑着说靠适应。昨晚在家，虽然空调打开，加盖了两床棉被，还是觉得寒气逼人。和这里相比，真是天壤之别。

他给母亲打了个电话，说晚饭也不回去吃了，还有应酬。母亲提醒他别喝多了，初三大家庭聚会的事都通知了，没有听说谁不来。他很高兴，亲人们还是买他的账的。他就舒舒服服地洗了个热水澡，躺在床上翻阅着纸袋里的画册和人员花名册，上面有电话等通讯方式，看着看着就睡着了。他梦见了家乡南湖的大片刺槐林，梦见弯弯曲曲的小河和里面的芦苇、绵蒲、菱角、河藕，一条水蛇翘着头窥视着他，然后倏地潜入水底，消失在水草中。天突然变了，西北风开始呜咽起来，河面结着厚厚的冰层，他和二弟在上面滑着冰，突然冰面传出“咔咔”的冰裂声，冰面出现裂纹，中间有水溢出，他吓得喊二弟赶紧上岸，就见二弟“扑通”掉到水里，他赶紧起身去拉，一下子滑到了床下。他似醒非醒，躺在松软温热的地毯上懵懵懂懂地迷糊了半天，回想起梦境中的一切，都是那么的清晰。四十多年了，他虽然回家多次，但来去匆匆，很少到村外的田野湖地看看，他想明天抽空到地里转转，那里有他很多童年的梦。

五点钟门铃准时响起，镇长进到房间简单寒暄几句，就把他请到车上。镇长说："郝书记早就过去了，他让您多休息一会儿。"常远想问到哪里，又怕人家多心。镇长说："那地方您不生，去了您就知道了。"他想象不出会是哪里，这么多年自己回乡吃住都不离家，饭店会所基本是一无所知。

车子仿佛是朝回家的方向，快到村头那片水杉林了，却一下就折道南去，上了一条新修的宽阔柏油马路，路两边绿叶有些耷拉的大叶女贞支着防风的三脚架，估计是年前新栽。常远感觉这路就是小时候去南湖的那条丰产路，路的左侧是一道灌溉渠，路的功能多为社员上工挑担步行之用，行走于上的车辆也仅为拉麦运稻的牛车，在他的记忆中，那条丰产路从没走过机动车，甚至自行车他都没见有过。四年前他路过这里，也还是一条细窄的水泥小道，灌溉渠也还在，如今渠道填平了，道路拓宽了，双向四车道上的荧光白线画得标准规整，通向前方未知的去处。他的思绪还未梳理顺畅，车子就到了路的尽头，迎面是一个古朴雅致的大门，里面到处都是新栽的参天古树和名贵花木，柏油路进门后变窄且多歧，伸向一个个不知为何的功能区。镇长一路虚心请教着中国老龄社会到来的时间节点，探寻着应对策略和由此带来的发展商机，像是有意回避常远对窗外熟悉而陌生的探究。

车子东拐西绕，终于停到一处掩映在竹林中的单层木屋前。郝书记和镇书记正在门厅指指点点说着什么，见他下车，镇书记对里面喊道："常先进，你看谁来了。"里面就走出一个像是正忙碌着的汉子，天开始昏暗，常远没看清面孔，那人兴冲冲叫他大叔，说我是前进啊。常远笑道："这臭小子，能前进就不错了，还常先进，别做落后分子就好了。"他是大伯的孙子，母亲常说他是个翻眼绿豆精，犯蛮不孝顺，当兵回来经常外跑，掺和一些复转军人上访的事，去北京找过常远，被他批评过，如今跑到这干什么？

落座后，郝书记说："先生，这是顺应您的未来发展观先行试点搞的养老托老场所，由浙北建设集团投资两亿元兴建，目前中心征地九百九十九亩，预示老人身体健康久久长远。建设点式托老屋九十九栋，集约式养老公寓九栋，初步规划吸纳老人入住三千人，集团广泛吸收希腊、北欧等境内外的养老托老经验，把这里建设成为老年人老有所学、老有所乐、老有所为、老有所依的人生快乐终点站，为国家分担，为社会解难，为亲人分忧。"他让集团总经理陈先生为大家播放了规划方案 PPT，大都是国内外一些养老中心的图片汇集和做法拼凑，没有多少新意。

常先进为常远倒茶，问道："大叔，还记得这片竹林吧？小时你还带我来偷过竹笋呢。"常远脸一红，大家都笑了，再伟大人物也有年少的轻狂。但常远却恍然大悟，这里就是老家南湖啊，过去一到夏季就是泄洪通道，到处水茫茫一片，只有这片竹林能在水中抵挡一些日子。到了快过年，生产队就派人来砍伐竹子，每家分一棵，其余拉到城里卖。老家有个习惯，春节家家都插翠竹，那叫摇钱树，期盼着新年有个好收成。这里曾是他的梦幻家园，一到夏天，他和小伙伴们就在这里割草喂牛挣工分，捞鱼摸虾捉蝉虫，黄鳝、鳗鱼、水蛇有时混在一起，惊吓后多了壮胆的乐趣。后来河流改道，这里成了沃土粮田，没想到被搞成养老中心。

镇书记说："今天没有别的客人，郝书记只宴请常校长一人。"就让站在一旁不尴不尬的常先进也入座。常远越发不解，他连村干部都不是，参加这个活动有何深意？陈总介绍道："我们初来乍到，镇里推荐常先进给我做园林部经理，中心的绿化工程和剪枝除草等劳力施工，由常经理负责。"常远到家时间短，还头一次听说，但对这种安排他心里还是犯嘀咕的。

下酒菜很清爽，酒是二斤装"茅台 30 年"。郝书记以学生的身份敬了他两小杯，镇书记、镇长和陈总也效法着，常先进一人呆坐在那里，满满一杯酒没来由喝，见大家都敬过，他就端起大酒杯，"大叔，欢迎你光临养老中心，我敬你一杯！"说完将头一仰，"咕咚"一口，二两半白酒下肚了。大家都说豪爽，而常远的眉头却不悦地一皱。

酒宴以闲聊为主，大家谈着一些不痛不痒的坊间传闻和京城趣事，也询问一些养老经济的未来发展走向。陈总请常远就中心的初步印象进行观感点评，常远说刚才只是惊鸿一瞥，不敢妄谈，就从气候条件、灵山秀水、城市辐射等方面，重点谈了城市养老的压力和商机，平心而论，他觉得选址这里并非明智，但他没说。

不觉间二斤酒就干了，常先进的嘴唇长，此时开始咧咧，胡乱吹捧县镇领导，云山雾罩，听着就让人头皮发麻不自在，大家也不好打断他。常远知道人家看的是自己的面子，就对他说："天不早了，你先回家告诉你二奶奶，我晚点回去。"镇长说不回去了，还住在宾馆。他对镇长摇了摇头，镇书记会意，就让总经理派车送他，他还嚷着不走，说郝书记他还没用大杯敬呢。常远面带愠意，郝书记说下次再敬，总经理就把他带了出去。

常远对大家愧意一笑，这小子，见酒就把控不住。镇书记说，不瞒首长，中心请他来跟您一点关系都没有，就是想稳住他。这里占地差不多都是你们村的，建设用地指标不到十分之一，其余大多是一般农田，还有部分基本农田。可这个养老中心已经省民政厅批准，是全市社会事业重点惠民工程，省市领导都来看过，是箭在弦上，不发不行。我们只好打擦边球，用那建设用地指标搞设施配套，在一般农田里搞绿化，在基本农田中种植花卉和观赏类中草药。但从开工建设那天起，上访信和举报电话就没停过。从原来的国土资源部到现在的自然资源部，这里一直是被关注和督查的重点；虽然没有明显的违规，但毕竟还是和政策有出入；没完没了的督查，牵涉了我们很多精力，操纵这些事的，就是常先进，县委县政府领导，特别是郝书记，也很头疼。

郝书记笑着说，头疼不头疼的没什么，大家最担心的是好事办砸。项目一停，土地流转费用无处生根，老百姓的补偿成了大问题，又会引发新一轮的矛盾，投资人的回报无着落，政府和企业的经济纠纷又产生，难啊。

常远听出一点门道，就问是不是要我做常先进的工作。镇书记挠着头说，还真不是他一个人，参与告状的有七八人，其中三四个骨干都是常福林村，和首长您都是本族近门，除了常先进，还有常青、常春。当然，他们的诉求也不过分，就是要恢复耕地，惩治贪官。见常远的脸色越发的尴尬难堪，就让镇长去厨房催菜。

只剩下三人干坐，常远走坐都不是，叹了口气说：“基层不易，我早就知晓，我们常家，一向是忠厚传家，礼义待人，怎么突然多出这些愤世后辈？也没人跟我说这些。”郝书记理解道：“我老家河北也是如此，有几个兄弟还想当村干部，求到我回家做工作，我没理会，当然也没当成，就变着法子找村镇领导的茬儿，有一个太过分了，最后还被拘了起来。后来家里来信催我回去做工作，没办法，都是打断骨头连着筋的，我只好专程回去做工作化解。”

常远苦笑道：“家家都有本难念的经，我这点面子也就是因为长时间不回家，我努力试试吧。”镇书记忙说：“我们都打听好了，他们都买您的账。这事拜托首长了。”郝书记瞪了他一眼：“先生回家过春节，我们不应该给他添堵，你这一说，好像我们设的是鸿门宴似的。”镇书记忙赔不是。常远心里叫苦，难道不是吗？

初三一早，小妹就和她二嫂、三嫂忙活开了。母亲说两桌够挤的，几个准备高考的孙子辈也要来见大爷爷。常远说都来都来，坐不下再摆张小桌子。二弟三弟开始还有些不情愿，一看到大家都面带笑容，也就兴冲冲地把堂屋里的条几八仙桌搬到一边，把借来的两个大圆桌摆好，热茶好烟地招待着大家。常远搬来两箱陈年“水井坊”，让大家开怀畅饮。

昨天下午常远就单独找了常青、常春他们，把县镇领导托付的事都讲了。他们开始很义愤，发誓非告倒这些祸国殃民的赃官不可，还大骂常先进被收买，吃里扒外出卖他们。常远苦口婆心，从上到下讲了为官不易做人很难，也说到自己受人之托，不会亏待自己家人。常青说：“大弟的话俺不能不听，可他们当初砍了我承包的三百多棵杨树，只赔了我不到一万块，我承包期没到，他们违反《承包法》，必须赔偿我损失，至少还要一万。”常远答应帮助争取，常青又说：“今年夏天孙女高考，你这当大爷爷的可要帮忙。”常远生气道：“就是没这事，我能袖手旁观吗？”常青就羞赧地搓着手，说大弟的面子是要给的。常春的火气来自村支书常会明，他虽然姓常，但是另一支系，势单力孤，没有这支力量庞大。去年村支部换届，常会明找到常青，叫他心里有数，自己当选后让他做副书记。全村只有十来个党员，大都是自己近门，多数又年老，自己也不是那材料，常春就为他拉票当选上了。可常会明的话不好使，报到镇里没批准，常春就告常会明贿选，也没证据，况且拉票的是他自己，有苦没处说，就跟着告状。常远问他到底想要什么，他嘟囔了半天，才说养老中心要是缺保安，自己去看门一定能看好。

十点以后，大伯、三叔、四叔以及他们的子孙们都陆陆续续地来了。常远依据老家的习俗，对长辈规规矩矩地搀扶落座敬烟敬茶，对长兄也是赔着小心，对弟弟们则摆出兄长的架势，而对侄子们也是分出哥家和弟家的，对哥家的孩子可以骂骂咧咧，对弟家的孩子则笑嘻嘻地问长问短。那些喊他爷爷的孙子辈的，不管男孩女孩，年龄大小，见到后都亲热地搂到怀里，一脸慈祥地抒发着怜爱。几个当年准备高考的孙子孙女都迫不及待地把自己的成绩排名向他汇报，然后一脸焦虑地等他建议，他对此一一做了研判和建议，并给了很多鼓励。

大门口有一些远房的本家和别姓邻居张头探脑，常远拿着香烟出去请他们进来，他们接着烟寒暄了几句，都很识趣地借故离开了。大伯说："远啊，你为俺家可是争了大光了，俺这一大家子光男丁就有二十多口，过年能聚到一起热乎乎地团圆，全村没有第二家了。"常远看到三叔和四叔对视了一眼，然后就各自把头扭向一边。

快到中午时分，常先进骑着摩托车直接开进院里。常远骂道：

“你这熊孩子咋不把车开到堂屋酒桌边？要是大门不敞，你还得让你二奶奶帮你开门哪？”母亲跟着笑道：“还莫说，上次他骑车回家，大门缝只有两尺宽，他硬是钻了进去，为这，还和他媳妇闹了一场。”常先进笑着说：“在部队练的就是骑摩托，小菜一碟。”常远哭笑不得：“你小子还是青皮少年哪？孩子都准备考大学了。”见其他人没有搭理他，常远也就没再多说。

常远把大伯和三叔安排到自己两边，四叔坐在大伯身边，妹夫是贵客，就和三叔坐到一块，大力、二力、常青、常春和二弟、三弟等兄弟几个都依次落座。其他几个侄子坐到另一桌，母亲带着孙子辈男男女女坐到第三桌。常先进吆吆喝喝说要和常远打对脸，做副陪。他的几个兄弟都起哄：“你还真的把自己当老总啊？凭什么坐到长辈的桌上？”常先进说：“怎么，不服啊？有本事也带上百号人我看看。”那边真的不服：“你拉倒吧，那上百号人都是些七老八十临时凑来拔草的，园子一散你也就一光杆司令。”常远怕大家又提起养老中心的事，就说这桌也该有个倒酒的，前进干这个，行。常先进就拎着酒瓶挨着倒酒，得意地对着他的兄弟们说：“看见了吧，俺大叔喜欢我。”众人皆撇嘴不屑，大力看到二力对着地上“噗”地吐了一口痰，就对儿子说：“行了，莫再撩人嫌了。”常先进把眼一瞪：“谁要嫌？谁不喝？”大伯眉头皱着看了看常远，四叔已把酒杯中的酒喝干了。常远道：“快倒酒，菜都凉了。”

常远端着酒杯站起来，对大伯、三叔、四叔说：“俺爹走得早，你们老弟兄三个也都老了，我也五十多岁了，能陪大家团聚的日子也越来越少了。今天大家聚到一起，我只想我们这一大家能和和美美，亲亲热热。我多在外，少在家，老母亲也没时间孝顺，多亏你们大事小事齐帮忙。这杯酒我先敬长辈。”说完把杯中的酒朝地上泼了下去，然后把剩下的一饮而尽。长辈们知道他泼下去的是敬去世的爹，都感慨唏嘘，随后也都把酒干了。

第二杯酒是敬兄弟们的，常远说：“我们做得怎么样，直接影响到我们的下一代，我们对长辈，没有任何价钱可讲，只有孝敬的份。兄弟之间，有磕磕碰碰不怕，但不能争个上下高低，更不能撕破脸皮没情没义。我虽不在家，但大家的情况我多少都知道一些，俺妈常说，一窝屁，不嫌臭，打仗亲兄弟，上阵父子兵，要的就是和睦团结，和气才能生财，家和才会万事兴。”不少人都把头低下，连四叔看三叔的眼神都少了份敌意。

第三杯酒是勉励孙子辈的。他说现在不同于从前了，上面抓得紧，下面监督狠，高考大门的边缝越来越小了，但大爷爷信息源多，人脉广，能让你们才有所归，才有所用，一些建议还是有用的。

二弟看了看隔壁桌头耷拉到一边的儿子，就起身去帮助端菜。常远知道这爷儿俩心里对自己还有疙瘩，就让大家开怀畅饮，喝好别喝倒。

酒兴一上来，大家开始七嘴八舌地说起村里的家长里短。常春骂村支书常会明是个畜生，这春节一过，男人都外出打工了，他就色眯眯地盯着村里的那些年轻媳妇，连他三舅家弟媳妇都不放过。四叔好酒，但量不大，这会儿就开始骂街了，他瞪着红眼珠子说：“他要是敢打俺这门里的主意，我拿刀把他给剁了。”三叔哼了一声：“还知道俺这门里啊？”四叔把筷子一摔：“我也没吃里扒外，专坑自己家里人。”常远听母亲讲，四叔家的弟弟常乐十几年前搞了一个小土窑，借了亲朋好友不少钱，在座的都有份，后来窑塌了，人也跑了。很多人起诉他，他索性带着老婆孩子跑到盐城海边种棉花了。有一年春节他偷偷回来，法院执行庭闻讯过来捂他，他翻墙逃走了。后来听说是三叔举报的。母亲曾私下责骂过三叔，三叔很委屈，我把磕家底的六千多块钱都借给他了，他一分都没还，我不也想要点吗？真不行，让他蹲两天也好给他长记性。到头来，钱一分没要到，还惹下大仇人。常远怕老哥儿俩在酒桌上再闹起来，就端着酒杯敬他俩："三叔四叔，你俩有啥困难跟侄子讲，我能帮多少帮多少。""咕咚"一口把一大杯酒灌下去了。三叔把头别到一边："我有儿有女，还没到求人告帮那一步。"四叔骂了起来："你还是人吗？谁没儿没女了，在座不就远没有男孩吗？轮到你来笑话啦？"常远没想到一下扯到自己身上，忙说："没事，没事，我在外面习惯了，有个女儿就满足了。"母亲常叹气，当年生念念是在家度暑假，母亲非要把念念留在老家偷偷养着，让常远夫妻回去再生个男孩，没有儿子在老家抬不起头。爱人气得抱着念念当天就回北京了，婆媳俩为此好多年都没解开疙瘩，倒是念念，常说奶奶有远大目光，要是有个弟弟那该多好。

母亲过来数落起三叔四叔："你看两个老不着调的，这子孙满堂开开心心的日子不过，到一起还掐。远请你们为的啥？看你俩闹仗的？还不是想朝一起团拢，有个一家人的样子？俺这些孙子重孙子都看着，再不合好，这个大家以后就散了。"大家都低头不语，常远给长辈斟满酒，自己把大杯倒满："家大要分家，谁也揽不住。但我们的血脉相连，亲情要在，和睦相处，相互关照还是要的。我的酒量有限，今天破例，就是醉了，也把这一大杯酒干了，同意我说的，以后也能这么做的，就把小杯干了。”坐在那里一直没捞到说话的常先进站起来响应：“听大叔的，我先干为敬。”“咕咚”一口，一大杯见底了。大家都笑了：“你这是借客讨馋，好容易碰见好酒了。”都把杯中酒干了。

常远感到有些恍惚，大伯说不能再让远喝了，为了俺这一大家子，远没少操心。很多人都开始念叨常远这些年给他们的帮助，虽说远在北京，谁去了都宾客相待，有时还留在家里住。常远咧着嘴开始谦虚地傻笑，后来什么都不知道了。

无果花

下午快要下班的时候，我听到走廊里有人打招呼："老首长来啦？"来人压低声音，说话小心翼翼："你们局长在吧？我找他有点事。"这声音很耳熟，紧接着人就进来了，原来是我表哥孙中华。他去年刚从县人大副主任的位置上退居二线，从此深居简出，不问县政，不管家事，不进酒场，在家练字，外出旅游，表嫂说他就缺翅膀了，要不然能飞天当神仙了。

我忙起身倒水让座，他不像从前对我始终端架子。他曾警告我："别不适应，论职务我是你领导，论年龄是你哥，想平起平坐，门儿都没有。"我说："这辈子我都没敢有这念头，从小就被你驯服了。"此时他居然站起身接我递过去的水杯，令我快意又犯嘀咕，这官职没了人就萎了？可他还是我表哥啊。

表哥像有难言之隐，说话不大顺溜还脸红。我不敢催，怕他变脸，我又得挨训，就东拉西扯地谈起家里的碎事。他憋了一会儿问我："大子，还记得你小玉姐吧？"我一愣，大子是我的乳名，我兄妹四人乳名起得都省事，我是老大叫大子，依次是二子、三子、小四子。自从上了大学有三十多年没人这么叫了。表哥今天叫了，我还不适应。还有小玉姐，我脑中一下闪现了老电影《小兵张嘎》里的英子和《渡江侦察记》里的张金玲，单纯、美丽、端庄，她差点成了我的表嫂。表哥说："她老伴得了脑血栓，儿子、媳妇在南京，孩子也没人带，听说你这边要招聘高级建造师，他们俩都是博士，就是建造师证书还没到手，看能不能变通招进来，子孙在身边，你小玉姐的心病也就解决了。"

这事有点突然。小玉姐一直避见表哥，天大的困难也不求表哥。我那时候也觉得表哥是陈世美，考上个破大学就把人甩了，不地道。1987 年我要结婚了，去大舅家报喜，大舅妈还叹气说："小玉这丫头都三十了，什么样的人都看不上，你表哥孩子满地跑，还能等出啥名堂？"我觉得她是自责自虐，也是惩罚表哥。后来听说她嫁给了邻村的一个泥瓦匠，比她小三岁，那人对她死心塌地地好，生活得很不错，应了那句"女大三，抱金砖"的古训，也使表哥的良心得到些许安慰。

我说："人往高处走，水往低处流，现在的青年都向往都市生活，干得好好的，谁朝小县城跑？"表哥说："南京房价太高，小玉家连首付都拿不出，亲家是西北农村的，每月还要贴补一些，南京不好待啊。"我笑着说："表哥了解得挺细啊。你跟组织部和人事局打个招呼，这事是他们定，我这里没问题。"表哥的脸又一红："我都说过了，他们觉得这俩孩子专业、学历都适合你们交通局，再说不还有个叔叔在这当局长嘛。"我忙撇清："表哥，我这叔叔可得当得清清白白，你别看人家孩子优秀就要朝自己身上揽。"表哥一下子又威严起来："你真的以为我是求你局长的？我是你哥。"吓得我赶紧闭嘴。

表哥对我的威严是儿时树立起来的。我从小就在大舅家长大，他大我三岁，常对我和二表哥华中拳打脚踢。我和华中同龄，同吃同睡同玩，恼了就打，打不过就骂，一骂就挨表哥揍。七岁那年冬天，特别寒冷，我和华中分两头缩进一条破棉被里，我们那叫通腿。我们俩各自把棉被用力裹成硬棍，很不舒服，我就用脚踹他，他也踹我，棉被里的烂棉絮被我们俩踹成两个团蛋子滚到我们怀里，中间只剩下被面、被里两层布，最后也被踹碎了，我们俩索性把棉被撕成两半，瑟瑟发抖地抱着一堆破布烂絮坐在床的两头大哭。表哥进来一看，啥话也不说，就把我们怀里的破棉布棉絮夺走，一手提着一个光着屁股的小孩，“扑”地扔到滴水成冰的院里。大舅妈说：“活该，看这冬天你两个东西盖什么。”

大舅在县农机厂做工人，常给表哥买些城里才有的小玩意儿。印象最深的是表哥有一条前面开口的制服棉裤，很时髦。我和华中就很气愤，觉得大舅偏心。我们俩的棉裤都是妈妈给缝制的，裤腰比水桶还粗，穿着虽然方便，两腿一插就好了，但勒腰挺麻烦的，必须左右打折再收拢，然后把叼在嘴里的棉绳裤袋系上，多余部分耷拉着，表哥常笑话我们俩花油肠子淌出来了。除了夏天，我们从不洗澡，身上的虱子随便一摸就活生生地展现出来。表哥有时就在我们睡着后把老棉裤拿出去，放在树上冷冻或撒一些六六粉，差点把我们俩给毒死。为了报复，我和华中捉了一大捧虱子和未虫化的幼体，撒到他的床上和晾在院里的衣服上，当我们看到表哥一脸懊恼、鬼鬼祟祟地躲到太阳底下捉虱子时，我们开心爆笑，结果又是挨了一顿暴揍。

我们知道表哥臭美为的是讨好小玉姐。小玉是隔壁村的，离表哥家不到三里地，和大舅家好像有点八竿子打不着的老亲。她爹当大队书记，和大舅过往密切，小玉也常随父亲到大舅家。上学了，又和表哥是同学，到学校要经过大舅家门口，表哥就和她一起走。后来我和华中也上学了，嚷着要跟他们一起走，小玉姐很高兴，但表哥不带我们，有时甚至用脚把我们踹得远远的。我恨恨地对华中说："表哥不要脸，肯定看上小玉了。"华中回来告诉了大舅妈，她这次没打我们，还笑嘻嘻地说："这小鬼没过十岁，说话会灵验的。"

其实表哥也很顽皮，冬天的河面冰结得还不是很厚，他就很逞能地跑到冰面上打着助跑向前滑溜着，逗得岸上的小玉一脸的仰慕和欢笑。我和华中就骂这是狗钓姎（调情）。一个暖冬的下午，放学后，我和华中躲在他们的后面，看表哥在冰上的拙劣表演。表哥刚到冰上，就听"咔嚓咔嚓"的冰裂声，小玉喊他快上来，冰会塌下来的。表哥不想在她面前露出怯懦，依旧在冰面上奔跑滑溜，没过一会儿，又一声"咔嚓"传来，表哥就漏到冰窟窿里了。我大吃一惊想去喊人救助，华中拉住我说："叫他逞能吧，冻不死他，看他还欺不欺负人。"好在河水不深，表哥站在齐腰深的河里茫然四顾，小玉在岸上哭着喊着救命，但四周空无一人，只有西北风吹着小刀子一样的哨子。

表哥还是硬装好汉，他抖抖索索地从河里爬上岸，向四周看了看还对小玉说这不算什么。小玉说："回家婶子非打死你不可，这身衣服她说是留着给你过年的。"表哥也怕大舅妈，她打人都用烙煎饼的匙子，顺手着力疼痛难忍。他说："你赶紧去找火柴，我到生产队的场上等你，得把棉裤烤干再回去。”

我们又惊又喜，猫在表哥后面来到闲置的打谷场上。那里空寂无人，除了堆着稻草麦秸的草垛，就是“轰隆”被惊飞的乌云似的麻雀。表哥扯下一大堆麦秸放到避风处，鬼鬼祟祟地东张西望后，赶紧把棉裤脱下，露出白花花的屁股，他把棉裤放到远离草堆的地方，赶紧跑回避风处钻进那堆麦秸里，牙骨磕碰的声音我们在草垛后都能听到。

小玉气喘吁吁地跑回来，怀里还抱着一件看不清的东西。她见表哥脱了裤子躲到草堆里，急得要哭：“这是爷爷的绒裤，你赶紧换上，冻死了怎么办？”说着就要把他从草里拉出，表哥愤怒地呵斥：“你走远点，我没穿裤子。”小玉气得把绒裤一扔：“小时候光腚怎么忘了？”表哥羞得直哆嗦：“就是不准看，小丫头看小小子精腚不要脸！”我和华中觉得表哥假马（假正经），夏天洗澡时谁没看过你那火柴棒？小玉姐应该转身离开不要理他。小玉委屈得像在抽泣，但她还是扯了一抱干草来到空地上，点燃火为表哥烤棉裤。我们俩躲在旁边看热闹，不一会儿就有骚哄哄的水汽飘来。小玉拎着表哥的棉裤在火堆旁变换着角度烘烤着，火光映着她生气的脸颊，红扑扑得俊俏好看。

没过多久，有一股焦煳的气味传来，表哥说：“糟了，棉裤烤煳了。”小玉一惊，忙把棉裤丢到地上，就见棉裤上面开始冒烟，表哥奋不顾身地冲出来，对着冒烟的地方拼命吐着唾沫，白花花的光腚冻得发紫，见唾沫灭不了火，他就跪在地上用手刮捧风化了的泥土，对着棉裤覆压着，光着脚在冒烟处跺着踩着，最后又趴在地上连搓带揉，终于把火给灭了，但左裤腿前面还是留下一个黑乎乎的大洞。

看着表哥精腚拉碴吹着被火烧烫的双手那副狼狈相，我和华中捂住嘴巴不敢笑出声，同时也为他担心，大舅妈这顿煎饼匙伺候看来他是在劫难逃了。表哥的沮丧和愤怒似乎无处发泄，他赤裸着下身在空旷的场地上转着圈，小玉则用双手捂住双眼。表哥这才感觉窘迫，怅然无助地把破棉裤穿上。“行啦行啦，你就算遇见鬼了。”小玉放下手时我们发现，她那好看的眼里已经溢满了晶莹的泪花。

我们俩也没有太多的幸灾乐祸。回到家时小玉也在，她正泪流满面地对着大舅妈检讨着，说表哥下河滑冰是她唆使的，棉裤被烧是她做的，这些都不怪表哥，要打就打她吧。表哥一点男人的担当都没有，关键时候都没有站出来像张嘎子一样自称八路救护乡亲们，却用那对怯生生的眼睛盯着大舅妈常用的煎饼匙子，一副贪生怕死的汉奸模样，我和华中那天对他很不屑。

大舅妈却面带慈祥，很享受小玉的检讨自责。她听完后笑了，夸小玉乖巧懂事是个好孩子，做了好事还把责任揽过来。不仅没打没怪，还留小玉在家吃饭，给她卷的煎饼里有香喷喷的炒鸡蛋。见我和华中一脸探究的馋相，大舅妈就脸色一沉，命令我们俩赶紧吃完送小玉姐回家。一路上，小玉姐搂着我们俩蹦蹦跳跳地往家走，我们觉得小玉姐是天下最好的女孩。

我们一直觉得小玉姐成为表嫂是天经地义的事。但到了他们上初中以后，我发现小玉姐不再到大舅家了，上学的路上也不同行。我有些惶恐，悄悄问大舅妈：“小玉姐看不好表哥吗？”大舅妈眼一瞪：“小孩少贫嘴。”旋即笑了：“过几年你就懂了为啥。”我还是不懂，我发现小玉姐越长越漂亮，这对小老头一样的表哥无疑是一种失衡的威胁。唯一给我的定心丸是，小玉姐对我和华中却越发怜爱，糖块、红鸡蛋等稀罕物，常偷偷在上学路上送给我们俩，我曾担心这是做贼心虚的糖衣炮弹，但我们真的喜欢她。

初中毕业后，小玉姐没有继续上学，那年升高中需要正式考试，小玉姐说考不上怪丢人的。大舅妈很高兴，有一次晚上我听她对大舅说：“小玉要是上了高中，他爹肯定能到公社要个推荐名额，上了工农兵大学她还能看上中华啊？”我也觉得有道理，同时也为小玉姐惋惜。

表哥高分考上县城高中，星期天回家，会涎着脸皮问我和华中见没见到小玉姐。我们就胡说八道说有很多人为小玉姐提亲，他就有失落的表情，这令我们很开心。

大舅妈也开始担心，就央求村里的媒人去小玉家提亲。媒人回话说，人家暂时不考虑，她爹正通过关系为小玉姐谋一个亦工亦农的差事，最好能到公社供销社当营业员。大舅妈越发急了，对媒人说：“俺家中华毕业后也到农机厂当工人，实在不行让他爹下来他顶替。”一来二去，小玉家终于答应了这门亲事。后来听说是小玉爹嫌表哥长相老气配不上女儿，小玉姐怄气好几天没吃饭才打动了全家。

定亲那天是星期天，表哥很忐忑羞涩，一大早就脸色红润坐立不安。两人虽然从小青梅竹马，但农村的规矩还是要守的，那就是两人随着媒人到集市上见面，然后买定亲的礼物。为了避免尴尬，各自可以带一个小孩陪着。我都上五年级了，大舅妈让我陪表哥。那天逢一沟集，在熙熙攘攘的人群中我一眼就看见了个头高挑面若桃花的小玉姐。表哥一脸窘迫傻傻地看了小玉姐一眼，就径直到旁边的供销社里。小玉姐莞尔一笑，摸了我一下头也跟了进去。

表哥不知是受人指教还是早有预谋，很在行地为小玉姐扯了一块做褂子的红色的确良布料，又扯了一块灰色的叫毛哔叽的布料，那是做裤子的高档货，另外还买了尼龙袜子解放鞋，包头方巾小手绢。小玉姐站在一旁幸福地眯缝着眼，这些都是她喜欢的。媒人在旁边催着说："不用买太多，今天只是定亲，过些日子还要正式下礼，要喝下礼酒，还要买三转一响（自行车、手表、缝纫机，收音机）。"表哥羞涩地看着小玉姐，她说："再称二斤毛线吧。"就指着货柜上那份兔灰色的毛线说，"就这种。"媒人说："哪有姑娘不穿红的。"小玉姐赧然一笑，说："我喜欢。"

一个月后的下午，我在放学的路上遇见小玉姐，她说："大子，你帮姐一个忙，把这个带给你表哥。"我一看是新织的毛衣，就有些不平："定亲的东西是给你的，凭啥给他？你自己送去吧。"小玉姐笑得更好看："我知道你向着姐，可给你表哥姐开心啊。再说还没下礼，也不能有事没事朝人家跑啊。"我说："什么人家他家的，是自己家，你就是嫁过来，我还叫你姐。"小玉姐脸一红："那不行，叫什么都得按规矩来。"

第二年发生了很多事，我觉得像要塌天了，广播里老是播哀乐，总司令、总理到毛主席相继去世。表哥和小玉姐的下礼仪式一直没法搞，大舅和小玉的爹都是讲政治的人，怎么能在举国同悲的时候给孩子办喜庆的事呢？特别是唐山地震搅得全国风声鹤唳，我们都住在搭建的防震棚里，蚊虫肆虐加上潮湿难耐，谁都没心思学习生产。大舅妈让表哥别再上学了，回家赶紧和小玉下礼并拾掇到一起。表哥和小玉都不同意，世界乱纷纷，哪有心成亲？

到了金秋十月大家都知道了，国事开始渐入正轨。两家就商量要把下礼仪式搞得轰轰烈烈。大舅托了很多人给小玉姐买了上海产的下礼名品，那时有“上海产，不用选”的说法，只要是上海产的，那就是名牌奢侈品。下礼那天是重阳节，有望远登高之意。我和华中咂着嘴，一样样审视抚摸着这些高档货，自行车是“永久”牌，手表是“上海”牌，缝纫机是“蜜蜂”牌，收音机是“红灯”牌，这在方圆左右几十里都是个轰动。据说小玉姐接到这些聘礼后，原封不动地收藏好，谁都不准碰一下，她要等着结婚那天才让这些东西风风光光大放异彩。作为回礼，小玉姐给表哥的是亲手纳制的两副鞋垫，一副上面刺绣的是鸳鸯戏水，一副绣的是丹凤朝阳，意寓夫妻恩爱、前程似锦。表哥也没舍得用，说实在的，那鞋垫就是精美的工艺品，垫在他那臭烘烘的鞋里，简直是亵渎了小玉姐的一片深情。

下礼后小玉姐到大舅家的次数明显增多，她还为我和华中洗过衣服，冬天快到的时候又给我们俩各做了一双二道脸棉鞋，暖得我们俩心里发热。听说大舅妈病了，她就急着赶来做饭送药，乐得大舅妈直呼“阿弥陀佛”。我不知何时就改口叫她表嫂了，她也没生气。

过年的时候表哥必须走新亲，因为是第一次，带的礼品要讲究。大舅就在县招待所托人买了四瓶洋河大曲，六包飞马香烟，还有二斤小儿酥芝麻糖和一斤云雾茶，又在市场买了一条大红鱼和一个猪后腿等，总共备了六色礼。那天表哥很隆重地打扮一番，上身是四个口袋的解放装，下身穿的是裤脚镶了白边的涤卡裤，脚上穿着小玉姐给他做的宽边松紧口布鞋，裤管提得高高的，把新尼龙袜都显露出来。表哥让我和他一起去，我都上初一了，才不愿跟他现眼呢。大舅妈说："这些东西你表哥不好拿，你送到村口再回来。"我不好再推辞了，就帮他挑着猪腿和红鱼，他提着轻快的东西来到小玉的村子。

村头早有人等候，一会儿就涌上来很多看热闹的人，大队书记的女婿上门，那是全村的大事。表哥没见过这阵势，两腿开始哆嗦，怎么也不让我开溜。他说："你要是走了，我回去就把你赶回家。"这招最厉害，我早就把大舅家当成自己的家，回去还真不适应，就硬着头皮和他行走在人群夹道中。有人还揶揄道："到底是白面书生，走新亲还带着书童。"

小玉见我也来了，兴奋得不行。她接过我肩上的东西，掏出香喷喷的手绢为我擦汗。我说："我得回去，大舅妈还有事叫我。"她急得要哭："你要是走了，我再也不理你了。"

中午招待很隆重，小玉的大伯、叔叔和哥哥弟弟都上桌了。表哥不敢喝酒，却怂恿我喝几盅。我开始觉得酒苦，两杯下肚感到又香又甜，小嘴还巴巴地吹捧表哥的文韬武略，好像自己是主角一样。表哥和小玉一句话都没说，临走的时候她送到门口就回去了。我说都怪我碍眼。表哥如释重负，说："你不懂，农村就是农村。"

恢复高考的消息令表哥兴高采烈，他只要见到我就鼓励我好好学习，争取考上大学。他说农村太苦了，要像鲤鱼一样跳出农门进龙门，别像华中，学习像泡屎，根本没法治。他明显回家少了，就是毕业以后他也仍然住在县中参加迎考复习。首届高考是在冬季。

小玉很牵挂表哥，常委托我给他送些吃的穿的。表哥很受用，叫我传话给小玉，别惦记他，学校的食堂不错，只要有钱就能吃好。小玉就从邮电所给他寄了二十元钱，以后寄了多少我就不知道了。

春节过后不久，表哥的录取通知书就来了，他考上了南京交通专科学校，属大专学历。我们那里当时不分中专大专还是本科，一律都称为大学生。表哥在我们公社是唯一一个新考上的大学生，引起的轰动比现在的留美博士还大。

小玉兴奋得掩饰不住，第一时间给表哥送来一件绣着“前程似锦”的棉布背心。我看到表哥似乎有些不以为然，不像从前那样激动兴奋不知所措。

表哥要开学的头两天，小玉的父亲请来公社电影放映队在村里上映了庆祝电影，是我们百看不厌的《渡江侦察记》。我喜欢的主要原因是演游击队刘队长的张金玲特别像小玉，她的面容、身材，特别是那对美丽的眼睛，谁看谁说像，小玉爹选这个片子想必也有此用意。但我看表哥不像我景仰的侦察英雄连李连长，倒像敌保安队队长侯登科。当侯登科被捕从船上跳水准备逃离时，刘队长手起一枪把他击毙在芦苇丛生的江水中。她吹着驳壳枪口那缕若有若无的蓝烟淡然地说：“这都是给敌人逼的。”我那时就有一种不祥之兆，要是哪天表哥像逃离对手一样逃离小玉姐，她会不会像刘队长这样毅然决然地痛下杀手呢？

南京那时似乎离我们十分遥远，表哥的远行牵动了很多人。小玉几乎把表哥的日常用品都承包下来，牙刷牙膏漱口杯，毛巾肥皂洗脸盆，袜子皮鞋裤腰带，手表提包笔记本，一应俱全，惹得她的弟弟眼红气愤，说她就像养了一条癞狗长满一身毛，也跟着抖索不开了。她幸福一笑，继续为表哥张罗着这个那个的。春天的柳丝已经摇曳着满身婀娜的鹅黄，麦苗的绿色和野草争占着苏醒的原野，但小玉姐亲手缝制棉被给表哥抵御寒冷的热情依然不减。被子是新里新面新被套，被面是只有结婚时才用的丝绸缎面，做被里的白尼龙布她用手搓洗了三四水，要保证是簇新没用过的，也不能糙硬冰凉让表哥盖了不舒服，棉花是挨家挨户收过来的籽棉现弹的，雪白松软没靠近就暖意融融。大舅妈一脸慈祥地看着小玉，不知怎的眼中还溢出泪花。

去南京的早班车是五点半发车，那天我和华中载着行李送表哥去县城车站，到时发现小玉姐正站在那里等着呢。早晨的气温还很低，她的两腮冻得红扑扑的，很好看。我们俩把行李送到车顶的绳网下，就躲到一旁给他们话别的空间。小玉姐好像塞给表哥什么东西，表哥不要，他们就推来推去，最后他们好像把手握到一起，然后像被烫了一样分开，还四处张望看有人关注他们没有。一直到汽车开动离开，小玉姐还站在那里怅然若失。

当时很多考上大学的农村男青年为了摆脱农村户口的羁绊，宁愿找个瘪皮瞎眼的城里女人，也会忍痛割爱抛弃如花似玉的心上姑娘，出了很多爱情悲剧。现实很残酷，未来子女户口跟着女方走，城乡差别太大了。一些顺口溜说得很吓人，说这些跳出农门的人“一年土，二年洋，三年不认爹和娘，抛弃痴情好姑娘”。大舅妈安慰小玉姐说：“中华不敢。”小玉姐就很高兴，但我看不出大舅妈有什么制约措施，这种保证式的劝慰有些苍白无力。

表哥暑假回来像是换了一个人，大舅妈说南京的水养人，我也信。他原来黑瘦皱巴的老头脸如今白净净的光滑，白的确良短袖衫配着一条海军蓝直筒裤，塑料凉鞋的跟儿挺高，白色的袜子灰星不沾，有些玉树临风的感觉。他的发型也有别于我们小县城，头发长长地遮住眉眼，用手一拨或不经意一甩头，都显出城里人十足的味道。他见人总是微微一笑，很少打招呼问候人。华中说他学城里人说话，舌头变硬了，家乡话说不出了。我就指着柳条筐捏腔拿调地撩拨他："表哥，这是啥玩意儿啊？咋还三个门呀？"惹得他拿着书本对着我的头猛敲："你不要学华中贫嘴巴舌不思进取，马上都高一了，没有几天混了，一转眼就得准备高考了。"

小玉姐也来过几次，都当着我们的面，很少有私密的时间和空间，他们似乎都很淡然，聊的也都是些无关痛痒的闲话，甚至连表哥在大学里的学习和生活都没谈，想必他们在信中都说起过，至于他们写了多少信以及信中的内容我一概不得而知。立秋不久表哥就要开学了，在大舅妈的催促下也去了小玉家一次，待的时间很短，没吃饭就回来了。他回南京时也没人再去送行。

上高一我就在县中住校了，星期天除了回家拿些东西，还会路过大舅家，我常问起表哥和小玉姐的事，开始大舅妈还眉飞色舞地讲小玉姐给表哥寄这寄那，后来就支支吾吾让我心生疑窦。放寒假我再去大舅家，还没问，大舅妈就哭着对我说："大子，你表哥眼瞎了。"我大吃一惊，忙问是什么时候的事。她继续哭着说："他不要人家小玉了，嫌小玉是农村户口。你说是不是眼瞎了？"

我不仅没有放心地松口气，相反却越发的痛心。我宁愿他真的是眼睛瞎了，也不能做对不起小玉姐的事。我问："小玉姐知道了吗？"大舅妈说："他早就写信绝交了。前天那丫头自己用板车把下礼给她的自行车、缝纫机、手表和收音机原封不动地送回来，连我给的一百九十九块九的见面礼也都退回来了。这孩子不图钱不图名，图的就是清清白白做好媳妇，可遇见这么个瞎眼的东西，没有福啊。”我不知说什么好，只是为小玉姐惋惜不平。在我们那有个不成文的规矩，只要一方地位变化提出分手，送给对方的彩礼财物再多也不准索要，相反对方的馈赠必须一分不差地返还并追加理赔。像小玉姐这样的绝无仅有，我能感觉到，小玉姐对表哥有多大的憎恶和痛心啊。我沉默半晌问大舅妈：“就这样愧对小玉姐啦？”大舅妈说：“这丫头什么都不要，只求中华把她给的东西一样不缺地退还给她，她还说要你抽时间给她送去，我们家她谁都不想见。”

我鼻子一酸，小玉姐一直疼我，在最苦恼无助的时候还想到我。

表哥的心情肯定很复杂。春节他都没回家，他把穿过用过的毛衣、鞋垫、背心和棉被都认真洗涤叠好，重新上油擦过的皮鞋，已经脱毛的牙刷和掉了瓷的漱口杯都原原本本地打箱寄回家。我是在天色将晚的时候去小玉姐家的，她的父母缄默不语，我做错事似的站在那里不知所措。在昏黄的白炽灯下，小玉姐面色苍白。她苦笑着对我说：“大子，姐从他要考大学的时候就知道我们没有好，姐不后悔，也不恨他，换我是男的，好不容易考上大学，也会这么做的。”边说边用剪刀剪碎那些能剪动的衣物鞋垫，她的牙咬得“咯咯”直响，不小心把手剪破了，鲜血弄得一地猩红。情断了，心碎了，小玉姐和表哥这辈子的感情算是完了。

两年后我也考上了大学。此时表哥已在市公路处做技术员。我去大舅家报喜时，大舅妈又提起小玉姐，说这丫头死活不愿再找对象，你表哥都要结婚了，她还等啥呀？

无意间，我看见大舅家院中那棵石榴树还在开着火红的鲜花，记得是小玉姐当初带来的小苗。我问舅妈，这棵树结的石榴甜不甜？舅妈说："是看石榴，只开花，不结果，中看不中用，我早就想把它砍了，你表哥不允。"

家　殇

1

我和妻子吃过晚饭，洗洗就休息了。明天是十一长假，我们俩和爱华他们三口约好，一起回老家。最担心明天出城，这高速一免费，会开车的，刚学车的，都呼啦啦涌了上来，稍有剐蹭，就闹个没完，一堵就是好几公里。我们准备凌晨三四点钟就出发，避开出行早高峰。

爱华是我二叔家的弟弟，他从早稻田大学博士毕业后准备留在上海。二叔说："你大哥爱武在南京当干部，到那儿还有个照应。"我知道他没钱为爱华在上海买房，就托人斡旋，安排爱华在邮电大学当老师，如今已是副教授。

我的父辈有弟兄三个，三叔当兵转业留在了兰州。我父亲七年前病逝，母亲一人在家，多亏二叔、二婶照应。这让我和在郑州、天津、沈阳的弟弟妹妹放心不少。

我们这一大家在左右乡邻中影响很大，加上三叔家的弟弟妹妹，我们这一辈兄妹共十一人，除了二叔家的大妹爱萍从小患小儿麻痹症，其他人都是重点大学毕业，还有三个出国、四个博士，都在省会级城市工作。有记者来采访：“同样是出身寒门，为何一家走出这么多贵子？”二叔总是苦笑：“啥贵子，这些小孩从小就自己洗衣做饭还得喂猪，都是逼出来的。寒门倒是真的，全村没有第二家再住我这样的房子了，土墙小窗木板门，快成古董了。”

二叔上过初中，成绩很好，叫“文革”给耽搁了。他把大学梦都寄托在我们这一辈身上，连我们的名字都是他给起的，我是老大，他说必须孔武有力，叫爱武，二弟就顺着叫爱文，要文武双全，其他如爱华、爱国、爱军、爱民、爱赢、爱兰、爱莲、爱萍、爱梅都是结合出生时间或特定环境起的，但必须带“爱”，他说我们这一大家必须是有爱的家庭。他用自己起早贪黑的辛劳，刺激我们要跳出农门进龙门。他很少唠唠叨叨地耳提面命，只是在很晚收工以后，吃着弟弟妹妹胡乱做的晚饭，用带着血口子的粗糙的手点着有限的几张毛票：“看看吧，我和你妈从五更头干到天黑，就挣得这点钱供你们上学，再不好好学，能不能对得起我不说，关键以后也就成我这样了。”

等儿女们都出息了，二叔二婶也就老了干不动了。二婶常年患有高血压和糖尿病，还会经常忘事。三年前一个晚上，二叔忘了提醒，她连续吃了两遍降糖药，最后昏迷了。二叔找来村医，他也不懂，不知打了什么针，看到不行了才让去县医院，医生说脑子都坏死了。从此二婶睁着眼就跟好人一样，就是不能动不能说话，我们赶回去后都清楚了，二婶成了植物人。

爱华和爱国、小妹爱梅错开时间，分头请假在家陪护二婶，但一周过后，单位的、家庭的电话就催个不停。二叔叹口气：“都回去吧，你们也得工作过日子，我和爱萍在家守着吧。”爱华和爱国左右为难，他们俩办了一张银行卡对爱萍说：“你和爹多受累了，不行再找个护工。每月我们都朝卡里打钱，千万别太苦了自己。”爱梅说：“姐，等我还了房贷，我为你买养老保险。”

爱萍面无表情：“找啥护工？不就是多吃点苦嘛。”她其实已经够苦的了，她对象外出打工有好几年都不给家里寄钱，据说外面有人了，两个孩子她一人带着。我们都劝她赶紧把婚离了，她说：“那不便宜了他了？”

我每天晚上都和母亲视频通话，既担心她，也惦记二叔二婶。母亲总是说自己没事，就是苦了二叔，每天离不开半步，二婶吃的东西都要煮熟磨碎，然后抽到大针管里，插到鼻孔中间朝里推，用力小了推不进，用力大了又会呛着，吃完又要尿、拉，屋里整天臭烘烘的，院里挂满了洗涮好的破衣破裤破床单，弟弟妹妹寄来的一包包尿不湿根本没法用。二婶的褥疮都烂了，爱萍腿脚不行，都靠二叔帮助翻身清洗，那天母亲看见二叔躲到锅屋里呜呜地哭了。

我和爱华都在省内，每逢节假日，我们都要结伴朝家跑，为了母亲，也为了二叔二婶。

迷迷糊糊中，床头的电话响了，一看是爱华的。这还不到十二点，他怎么就如此心急。我刚按下接听键，爱华就在那里哭喊着：“大哥，你和大嫂赶紧起来打车到我家，马上回老家。车我是开不了了，你来开吧。”我和妻子都很惊诧，忙问怎么了。他说：“你们俩赶紧过来吧，电话里说不清楚。”

到了爱华家，他们三口都等在车子跟前，他把车钥匙递给我：

“上车再说吧。”弟妹和侄子都泣不成声。我没敢多问，发动车子就朝着老家方向疾驰。

街上已有很多车辆在朝出城的方向奔涌。妻子坐在副驾驶座，眼睛一眨不眨，不断提醒我注意行车安全和交通规则。我仍不敢催他们说明原因，但我能想得到，肯定跟二婶有关。我一阵心酸，二婶受到头了，二叔也算解脱了。

蠕动了近一个小时，终于过了二桥上了高速。我放稳车速，爱华就呜咽着开始诉说：“俺爹太糊涂了，俺以后在老家怎么见人哪。”说完在车里号啕大哭。

我大吃一惊，老实巴交一辈子的二叔能做出什么不堪的事让我们为之蒙羞？我急得拍打着方向盘：“你别哭好不好，究竟怎么了？”爱华哽咽着说不出。弟妹说，快到十一点的时候，二叔给爱华发来一条长信息，他说，他真的累得撑不了了，两个月前他就感觉憋尿，小便一次要很长时间，有时疼得都睡不着觉，他去医院为二婶买药时顺便查了一下，是前列腺严重肥大，需要马上住院手术。他不想再给儿女添乱了，他就硬撑着，每天吃点干煎饼，水都控制喝，最后又发生便秘。他觉得二婶就是一个活死人，自己也生活无望，就在县城的各个药店分头买了一大堆安眠药。昨天晚上，他把爱萍支走回家，自己把安眠药碾成粉末放到鼻饲二婶的糊糊里，喂完后给二婶仔细地洗了澡，换上早就准备好的送老衣服。自己也刮了胡子洗了澡，把衣服也都换了，然后就开始大量吞服剩下的安眠药。他在信息中说，等你们接到信息的时候，我和你妈已经走在去黄泉的路上了。爱华接到信息就打电话给爱萍，爱萍把我妈叫醒，跑过去时，发现二叔二婶都停止了呼吸。母亲很冷静，她不准爱萍痛哭，也不要找人再抢救，她说：“你爹是对的。”

我的眼泪怎么也止不住，我找了一个紧急停车斑马线，刹住车，抱着方向盘大哭起来：“二叔啊，你这是置我们兄弟姐妹于不忠不孝啊。”我也后悔自己的麻木，春节时回家，二叔一边为二婶擦洗着臭烘烘的便溢，一边跟我聊天：“俺这一辈知足了。帮不上你们的忙，可也不能整天给你们添乱。我寻思着，俺要是死在不年不节的时候，以后你们回来上周坟不也得请假吗？”我说：“生死谁能选时间？儿女的事做老辈的别什么都给考虑。”谁承想，他把和二婶的离世时间选在了十一长假期间，以后上坟祭奠，他的儿孙们都能免去请假影响工作的烦忧了。

2

天刚亮我们就赶到老家。村子里的气氛也和往日不同，乡邻们三五一团地在嘀咕议论着什么，见我们来了都一脸的同情和悲伤。我们顾不得嘘寒问暖的礼数了，下车急匆匆地扑进家里。

二叔、二婶都穿上了送老衣服，正并排头挨着头躺在刚刚摘下的两扇堂屋大门的门板上，脸上都被火纸遮掩着。本家的几个叔叔、哥哥在进进出出地忙活着，有的在外面朝屋里抱麦秸，说是黄金满地，有的在二老头前的送老盆里添烧火纸，后墙上的字啊画啊什么的都揭下来了，他们脚前的煤油灯和头前的煤油灯呼呼冒着浓烟燃烧着，那是长明灯，照亮他们去天堂的路。

我和爱华掀开火纸，怔怔地看着神态安详的二叔二婶：他们俩的脸也不像从前那样虚肿灰暗；他们的嘴、眼都闭上了，嘴边还留有几粒晶体的白糖，那是在他们还有体温的时候，灌入白糖可以使他们微张的嘴巴合拢，到了那边，他们的生活就会衣食无忧、甜甜蜜蜜了。

“哭啊！怎么不哭啊？白疼你们两个！”一直漠然坐在二叔二婶身旁的母亲突然发怒。我和爱华一直处在懵懂虚幻中，母亲的怒吼一下推开了我们悲痛的闸门，我们俩抱着他们已经僵硬的身体，像狼嚎一样冲破故乡清晨的宁静。

“把他们俩拉开。”母亲站起身，“不能让眼泪沾上死人，那会让他们俩恋家不走的。”本家们把我们俩抱到一边，任凭我们哭天喊地。

弟妹和侄子也哭得悲恸欲绝。

负责料理丧事的本家大哥过来说：“莫再哭了，赶紧把鞋脱了，给二叔二婶送头遍倒头汤。”这些我懂，家乡沿袭多少年了，人死后，子孙要在第一时间不换衣服、打着赤脚为先人到土地庙（一个古老的土堆）送浇米汤，这样他们在去黄泉的路上不会挨饿。

爱华在前面走着，我跟在身后，后面是侄子和弟妹，大妹爱萍一倒一拐地跟在后面，被母亲拉下来：“你莫去了，丫啊，谁也没有你孝心大。你爹你妈多活了这么长时间，都是你的功劳。”爱萍倒在地上，疯了一样朝前爬，母亲一屁股坐在地上把她抱住：“丫啊，你也要把大娘气死？”爱萍扑在母亲怀里一阵干呕，她的喉咙喑哑已经哭不出声了。母亲搂着她，开始泪水长流。

侄儿刚上初中，哭得最凶，到土地庙有五六百米，他赤着脚跳着躲避着路上的石子瓦块，回来后，他坐在麦秸上哭着问二叔二婶：“爷爷奶奶，你们是惩罚我们的吗？为什么路上的东西总是硌我和妈妈的脚。而爸爸和大伯一点感觉都没有？”弟妹严厉地瞪了他一眼。母亲说：“硌脚疼好，你爷爷奶奶心疼你。他们在那边也会保佑你一家平平安安。”

我和爱华都麻木了，皮肉的疼痛都被心痛冲淡了。

镇村的一些领导闻讯过来看望我们。他们都清楚二叔二婶的死因，他们只是握着我们的手悲伤慨叹，镇里还留了一辆面包车供我们调用，我们十分感动。

爱华在回家的路上已经通知了小弟爱国，他正在新疆出差。他在那边只是哭，爱华让他告诉在广州的弟妹，赶紧带着孩子回家，别再会合一起了。

爱国又打来电话，非要视频看看二叔二婶。母亲不同意，说那会把魂给带走的。爱国就哭了，说他媳妇找了很多人，今天飞哪儿的机票都没有，要等到明天从青岛转道回家。

爱国是从新疆坐火车到兰州和三叔一家一起回来的。三叔退休前是个师级大校，对我们一直很威严。他看了看二叔二婶，就对母亲说：“大嫂，你是一家之主，你决定吧，必须马上火化，都停放两天了，这天很热，虽然有冰块放着，我怕撑不到明天了。”母亲说：“不是还有几个孩子在路上吗，不见一面就烧了，会不会落怨？”三叔恼怒道：“落什么怨，二哥二嫂不恨我们就行了，这些浑蛋有什么可怨的？”三叔从小就听母亲话，他今天的举动令我们大惑不解。母亲的脸一寒，爱萍一下就昏死过去，大家一阵手忙脚乱，终于把她掐醒，她嗡嗡嘤嘤地哭泣着，声音沙哑，像个病猫一样。

母亲对三叔说：“老三啊，儿女们有错，你该打就打，该骂就骂，我不是夸口护犊子，他们都是天底下难找的好孩子，知足吧，好，今天就火化，不管有什么事，都有我担着。”我不知道母亲想承担什么。

两辆殡葬专用车依次停到二叔的门口，两副担架一前一后把二叔二婶塞进各自的铁皮盒里，我们的心都碎了。村里那些看景的老人们都哭了，哪有一次从家里抬出两具尸体的，二叔的心是够硬的。

去火葬场，儿孙辈去就够了，三叔执意要去。他哽咽着对母亲说：“我要去送二哥二嫂一程，等我走的那一天，不知谁会去送我。”母亲说：“你莫再朝俺心里插刀子了，谁都有那一天。”说完也老泪纵横。

3

一次为夫妻俩同时办丧事，谁都没经过，料理大哥很为难。他跟我商量：“大弟呀，你可不能光顾着哭了，老家的风俗你懂些，爱华他们小，三叔长期在外也不懂，有些事你得跟我一起参谋着来。”他最犯难的是灵棚的布置，一个灵棚摆放两张遗照，悬挂两条介绍逝者姓名年岁的竖幅，怎么都不好摆布，供桌上的祭品也不能摆双份，特别是挂在灵棚两侧的挽联不知写什么好，原来那些固定的格式不是说男人的就是说女人的，两个人一起表述，柜书的先生也都犯难。

我也不知该怎么办，就同大哥一起向母亲和三叔请示。他们说没那么多规矩，怎办怎好。三叔指着我说：“挽联的内容就由爱武来草拟，搞文字宣传的，这点事还难着了？”我哪有心思再琢磨这些，就让在县文化局工作的中学同学给拟了挽联，上联是“夫行妇随驾鹤祥云赴瑶池”，下联是“子贤女孝学成报国做栋梁”。三叔看着挽联内容沉思良久，又回头冷峻地看了看我们兄弟姐妹，叹口气，什么也没说。

二叔二婶年岁都过七十了，按说在农村也不算是短寿之人，但他们俩走得惊世骇俗，所以料理大哥也就没再多找鼓乐班子来蹦蹦跳跳搞哀中作乐了。母亲提醒他，要不要多买些碗，大家都来拿，到时别不够了。按风俗讲，我们家出人才是全村羡慕的榜样，谁端我们家碗谁就能得福受惠。大哥说知道了，但并没有多买。我知道，这种非自然死亡别人是忌讳的，再怎么好的家庭也没人来拿碗回家的。

我对大哥说：“二叔是个热心肠，谁家有丧事都主动去帮忙，他回来会对我们说，谁家办得热热闹闹，谁家办得冷冷清清，他和二婶一起走的，你就给办得热闹些吧。”大哥为难道：“眼下正是秋季农忙，割稻种麦还真找不出人手，男人多数都外出打工了，剩下的女人老人也都下地了。俺这门里能过来给二叔二婶送汤的人都不多。唉，他可真会选日子。”大哥就在花钱上大方起来，不管是男是女，只要我们本家的人过来，一律破布做一件孝袍子，用的布也都是纯棉白布，是别人家用的白尼龙布价格的两倍，对来拜祭上礼的客人，酬宾回礼也用二十元一包的红盒苏烟，饭菜酒水的标准也比别人高出很多。母亲说：“叫他弄吧，也就这一次了。”

殡事正场那天一早，二叔家门口的鼓乐班子就开始“咿里哇啦”地吹吹打打起来，两杆有两三米长的铜管大号“呜嘟嘟”地对天长鸣，声音能传出好几里地。村里那些走不动路、下不了地的老人，听到大号，有的拄着拐杖，也有的扶着轮椅，都过来看热闹。他们或拎着马扎，或坐在墙根底、屋檐下，个个面无表情，麻木得像雕塑一样。一个我叫表大娘的老妇人瘪着嘴对我说："你二叔二婶享福去了。哎，早走早利索，活着就是受罪。"

我们兄妹几家二十多口，都换上了孝服孝鞋，孝袍用分成两股的麻绳勒着，麻绳的另一头送汤时必须拖到地上，我们的头上都戴着用苘麻扎着的孝帽，鞋子都是草鞋，用白布裹着脚，用白布条系在脚踝上。送汤时，男的右手还要拿着一根用柴草扎成的上面裹着白纸穗子的哭丧棒，我们那里叫哀帚。

老家对送汤的要求很严格，这天要送七遍汤，风雨无阻，上午下午各三遍，晚上那场最隆重。我们在料理大哥的指挥下，男在前，女在后，排成队去送汤，作为儿子，爱华走在最前面，后面是爱国；侄子辈按年龄大小排序；孙子辈也是亲孙子在前，其他也按年龄往后排；女眷队伍的排列也差不多，爱华媳妇多了一项任务，长媳要拎着汤壶。

鼓乐队在前面吹奏着引路，到了土地庙跟前，我们都跪倒在地，不管地面干净与否、有无砖瓦石块，是没有选择余地的。大哥先在土堆前烧纸，接着爱华媳妇就提着汤壶绕着土堆浇米汤，嘴里还要念叨着"爹呀妈啊，走路要吃饱啊"等，弟妹是南京城里人，开始她感到很为难，三叔只那么威严地看了她一眼，她就没再犯犟，第一遍回来后，第二遍就程式化地习惯了。

中午时，孝眷和帮忙的正吃饭，来了一个打着快板说着莲花落的要饭的。他们和普通要饭的不同，不是十块钱八块钱就能打发走的。他们会凭着三寸不烂之舌来勒索主家的钱，满足不了他们的要求，会说些让你哭笑不得又无可奈何的顺口溜。而那些帮忙的、看景的，又不想让他们顺顺当当得钱，顺顺当当地离开，就跟着插科打诨逗他们，想看他们耍嘴皮子出洋相。

“哎，这村美，这村好，这家房子真好找。虽说屋顶苫着草，里面都是金元宝。”这家伙看啥说啥，就有贬有褒地说开了。旁边有人提醒：“人家儿女都是大学生，住大城市的，在农村要好房子干啥？”他马上顺着话说起来：“哎，仔细看，还别说，都是美女和帅哥。城里高楼和大厦，谁愿住这穷破壳？吃的牛奶和面包，还有猴头和燕窝。出行不用腿走路，不坐地铁坐小车。白天上班挣大钱，晚上跳舞多快活。”看景的人就哄堂大笑，爱华皱了皱眉头，爱国的脸上也有了怒容。我小声说：“入乡随俗，别惹大家不愉快。”那家伙是个人来疯，快板打得越发急促：“说孝子，道贤孙，子贤女孝才是真。爹娘亲，兄弟亲，什么不如钞票亲。爹娘把你拉扯大，娶了媳妇忘了恩。敲骨吸髓榨干血，还要搜刮抽老筋。自己住进小洋楼，父母赶到老人村。生老病死无人问，孤苦伶仃招人恨。如今这事很普遍，没人管来没人问。”有个老头生气道：“你也就夜壶打了把，光剩下嘴了，你对爹娘怎样？”那家伙自嘲道：“叫老头，莫抬杠。我和他们都一样。吃爹娘，坑爹娘，他们生活不赡养。劝你心平气要和，不然又得气得慌。人老得病最可怕，没人管你活多长。实在不行买点药，也可把绳甩上梁。早死早好早利索，省得受罪愁断肠。”这家伙嘴上没有把门的，爱国把手里的碗朝地上一摔：“够了，别在这里胡说了。”掏出一把钱来塞到他手里：“滚，滚，滚！”那家伙喜笑颜开：“叫我滚，我就滚，滚得远远心安稳。心里没鬼别发怒，有钱也是粗俗人。劝君息怒办好事，做个榜样给子孙。”看景的人也觉无趣，就三三两两地撤了。

4

出殡那天，一早突然下起了小雨，淅淅沥沥的。料理大哥说不能等天晴，祖陵墓地的坟坑都挖好了，正用塑料布苫着，趁着雨小，赶紧下葬，让二老入土为安。

二叔、二婶的骨灰都放进一个定制的大骨灰盒里，按照家乡习俗，又打了一口红松大棺材，把骨灰盒套放在里面，六个壮汉用三根木杠抬着出了院门。二婶娘家两个侄子架着爱华，爱华端着一直在里面烧纸的送老盆，痛哭流涕地跟在后面。在离家有百米的地方，棺材落地，那就是他们俩离家远行的告别地了。我们都跪倒在棺材两侧，痛哭流涕，所有的亲眷都依次在棺前磕头谢孝，最后，连看景的村邻都有人过来磕头作别。做完这些后，料理大哥高喊一声“起棺！”我们也都泪眼蒙眬跟着起身，两人架着爱华把送老盆高高举起，对着地上事先准备好的两片青砖猛然摔下，这叫“摔老盆”。谁知那泥瓦盆在砖上蹦了一下，居然没碎，大哥脸色一变：“二叔二婶啊，爱华是个大孝子啊！”随即对着送老盆就是一脚，瓦盆顿时粉碎，里面的火纸灰屑纷纷扬扬沾了爱华一脸。

爱华跳着脚痛哭着，他觉得那是二叔二婶对他不满的宣泄，送老盆摔不碎，那是前所未闻的蹊跷事。

秋雨缠绵如丝，发丧的长号都显得喑哑低沉。

圆好坟，雨也停了。回来就是酬谢帮忙的乡邻，爱华带着弟弟妹妹对大家跪拜敬酒，等这一切做完人都散了，整个殡事的议程也就结束了。我们一大家人都坐在空荡荡的堂屋地上，相对无言，头脑也都是空白，没有一个感觉肚子饿。

大哥过来催我们吃饭："三叔你得带头啊，二老的后事都很顺利，咱们的日子还得过。走，吃饭吃饭！"三叔站起来："听你大哥的，都去吃饭！"大家都纷纷起身，只有爱萍呆愣愣地坐在地上，两眼直勾勾一动不动。母亲说："我和丫再坐一会儿，等会儿给俺娘儿俩端点饭菜过来。"

吃过饭，大哥和柜书的两位先生过来，把这些天的开支和收取礼金礼品情况跟大家通报。我们大都在外，平时和家乡的礼尚往来不多，在外地的亲朋同学单位同事也多数是唁电唁函和派代表过来统一办理。这次共收受礼金九万多元，礼品一百多件，大多是毛毯和丝绵、蚕丝空调被等。酬宾的酒水、饭菜、香烟及白布等，总开支有四万余元，盈余不到五万三千元。大哥说："开支部分用的基本都是二叔二婶在世时和人来往的公礼，结余部分按照规矩来，谁的关系谁领走，反正以后你们还要还人家的。"

大家都面面相觑，或许根本就没有用心去听。爱华看了看媳妇，媳妇又怯怯地看了看三叔和我母亲，她又开始流泪了："爸妈都走了，我们以后团聚的机会肯定没有从前多。我和爱华商量好了，爱国、爱梅你们也都在，今天我当着大娘和三叔两位长辈的面，把哥嫂的建议和你们商量商量，同意就办，不同意我们办自己那一份。爸妈的这几间老房子，值不了几个钱，趁着我们都在，到公证处履行一下手续，过户给大妹爱萍，剩余的礼金礼品也都给爱萍。我们虽然各有各的难处和生活压力，但都比爱萍好过。爱梅你先生在国外没回来，你可打个电话跟他商量一下。”爱梅马上说：“我们家的事，凭什么跟他商量？大嫂说的我都同意，我还要表态，明年我的房贷就能还完，我给姐姐买养老保险。”爱国两口子也说没意见：“一切都听大哥大嫂的，大妹能够生活无忧，就是我们最大的满足，也能让爹娘走得安心。”

众人都把眼光投向爱萍。爱萍还是眼睛直瞪瞪的，不知她看的是什么，身旁那碗浇着汤菜的米饭一动没动，几个苍蝇在上面蹦蹦跳跳上下飞舞。母亲心事重重地抹着眼泪，用手轻轻推了她一把：“丫啊，你怎么还没走出来？你爹娘都下地了，他们俩不再受罪了。你哥哥、嫂子、妹妹都惦记着你，把这老屋和收的礼金礼品都给你了，你得谢谢哥哥嫂子和妹妹呀。”

爱萍怔怔地看着大家，似乎想起了什么，她突然“哇”的一声，沙哑着嗓子哭喊着：“爹啊，娘啊，我对不起你们哪！我有罪啊！”母亲赶紧把她搂在怀里，拍着她的后背说：“丫啊，你没有错，有错也是大娘的错。俺娘儿俩如了你爹娘的愿，他们俩会感激的。”

这些天我心里一直有谜团待解，三叔多次跟我欲言又止。这时，三叔冷着脸对母亲说：“都是自家孩子，有什么隐情，大嫂你就说吧。”母亲看了看孙子辈，就对爱华家的侄子说：“大人有事商量，你带弟弟妹妹到院里玩会儿吧。”侄子懂事地带着他们出去了。

二叔发信息给爱华时，他服下的安眠药药效刚刚出现。爱华赶紧打电话通知爱萍，叫她快去救二叔。爱萍拖着病腿到家时，二叔还有意识，爱萍哭着责怪二叔糊涂，就要打“120”寻求急救。二叔挣扎道：“你要再让我受罪，我死都不饶了你。听话，闺女，求你了，让我和你妈一起走，我真的受够了。你快叫你大娘过来，你一个人在这，会害怕。”爱萍战抖着打了母亲的老人机，母亲趺趺撞撞赶到时，爱萍正头贴着二叔的脸：“爹，我大娘来了，我要和她一起救你。”二叔对母亲笑了笑：“大嫂，你懂我的心思，叫丫过去，莫吓着她。”母亲一把将爱萍拽过来：“丫啊，你爹是对的，救一时，你能救他们一世？再说也晚了，谁也救不了他们俩。”爱萍喃喃自语：“刚才要救，就能救活，我没救。”母亲厉声喝道：“莫瞎说，是我耽误的，有什么事，我担着。”二叔就面带笑容停止了呼吸。母亲用手闭上二叔微睁的双眼，勒令爱萍不准痛哭，说半夜三更的，莫搅得四邻不安。她让爱萍找来脸盆毛巾，给二叔二婶重新擦洗，让他们俩干干净净体体面面地上路。

三叔一声长叹：“二哥啊，你聪明一世，到头来却做出这么个糊涂事。别说法律不允许，就是允许安乐死，也得走程序呀，更到不了你自己动手啊。你这是涉嫌害命啊。这让社会怎么来看你，看我们大家？”见母亲搂着爱萍在流泪战抖，他就长舒一口气：“大嫂，你和丫头没有错，错就错在二哥。”

大哥擦了擦泪：“三叔啊，二叔也没有错。你不知伺候病人这个罪呀，要不是怕犯法，我早就想买点药把俺爹给药死算了。他还不如二婶不说不闹不讹人，俺爹他都能把你给作死了。”

母亲叹口气：“那又怎么办？有一口气你也不能把他掐死了。”我们都知道，大哥家的大爷都九十多岁了，卧床不起也有两三年了。

5

上过三日坟，我们都要分头回去了。我和妻子劝母亲跟我们回南京住几天。母亲决绝道：“我哪儿也不去。我走了，把爱萍扔在家里，你们能放心吗？”爱梅跪在母亲跟前：“大娘啊，你最疼俺姐了，俺爹俺娘走了，俺更放心不下她。你得好好活着，为了俺姐，也为以后我们回来还有个奔头。”三叔也老泪纵横：“我也快七十了，回来一次少一次。等我走了，还不知孩子们让不让我回到父母兄长的跟前。”母亲倒想得开：“哪里黄土不埋人？莫管那么多了。”

三叔临走前执意要看一看本族的长辈和兄长。母亲说：“长辈都不在了，比你大的只有躺在床上的大哥，他那屋没法进，屎烘尿臭的，隔老远就能熏死人。还有个二嫂，跟着儿女轮流过，像踢皮球似的。这个月轮到小闺女家了，前几天给接走了，离这有三十多里地呢。哎，看儿女脸子的日子也不好过啊，她也整天咕哝，说活着讨人嫌，还不如死了好。”

三叔就要我和爱华陪他去看一下大爷：“大哥和我虽然出了五服，但从小对我很好，我也有十多年没看到他了，这次看了，估计也就没有下次了。”其他人都说跟大爷不熟，就不跟着过去了。我很理解，这些日子，老家的卫生环境他们是领教透了，加上母亲的渲染，谁也不愿去看大爷那里的杂乱和肮脏。

母亲说：“大哥住的地方就是村后的老人村，打莲花落那个要饭说的那地方。里面住的都是棺材瓤子，晚上黑灯瞎火，很多还点蜡烛煤油灯呢。”三叔说：“虽说有些是旁名外姓的，但这些村邻老人我都认识，几十年不见，见面后总得表示一下吧？”母亲说：“说是老人村，其实里面也就住了不到三十人，有些不一定你能碰上。真碰上了，莫管男女，一人给一百块钱，叫他们自己买。”三叔怕太少人笑话，母亲叹口气：“哎，这些可怜人有的一年不知能不能见到一百块钱。”

大哥听说我们要去，跑到大爷那边打扫了一下，就过来带我们过去。他对三叔说：“我也住进老人村了。媒人给你那两个孙子介绍对象时话说得很死，没有两层小楼，莫说不帮俺家介绍，想帮，也没有谁家姑娘会愿意。这是大路行情，非办不行。我累死累活，楼盖好了，媳妇进门了，我和家属没地方住了。谁想去那老人村？活蹦乱跳地进去几天都给熏老了，熏萎了，死气沉沉的，有点动静也是人死了儿女过来的哭喊声，开始还心惊肉跳不适应，现在也都麻木了。”

到了那里，我们的心情真的很沉重。穿过一片杨树林，在村北的一片空地上，七零八落地盖着二十几处临时建筑，墙体都是用水泥大砖垒摞的，没有一家粉刷过，有些地方还有裂缝，屋面有的是麦秸苫成的，很多都是彩钢板搭成的，房子都很低矮，伸手都能够到屋檐。屋与屋很少有连体，建得随意，有高有矮。路面都是印有深浅不一脚印的泥土地，连点沙子风化石都没铺。每家的房屋四周，种着一些葫芦、爬墙毛冬瓜和都要罢市的丝瓜，就是没有栽树的。几条狗、几只猫懒洋洋地看着我们。正是秋天季节，苍蝇特别多，人一经过就“嗡”地腾起一股黑云。有几个老头老太太坐在墙根的阴凉处打着盹。三叔走过去打招呼，他们一脸漠然地问你找谁呀。三叔大着嗓子介绍自己，有的知道，有的仍是沉默懵懂。见三叔给他们钱，大哥说：“瞎可惜这份心了，有钱他们也不知道花，晚上可能就叫儿孙给搜去了。”

大爷住的地方有些特别，房前居然还揳了一圈旧水泥棒，用锈铁丝和绳子网子围成一个有篱笆障的小院落，篱笆上爬满了带刺的野草野藤。大哥说：“俺爹能吃能喝能拉，脑子一点也不糊涂，作起来，好腿好胳膊的都不如他。他为了叫我难看，有时就爬出来到外面败坏我虐待他。没办法，就建了个篱笆障不让他出来，也怕他爬出来死在外面。”

大哥推开那扇“吱吱嘎嘎”的小破门，苍蝇蚊子直朝身上扑。我和爱华用手驱赶，又被一阵阵腥臊恶臭顶得翻心倒胃，门旁就是一个不知存放多长时间的粪便桶。院里长满荒草，一些久已不见的蟋蟀、蚂蚱在草尖上蹦跳飞舞，草丛中依稀有条人踏出来的五六米长的小径，从大门口通向屋里。屋门上挂着一幅用塑料纱网做成的门帘，大哥过去掀开，让我们赶紧进去，说外面的蚊子苍蝇见缝就钻，他昨天才在屋里打了药。我们顿时感觉到有一股刺鼻的农药味道。外面秋日的阳光很刺眼，进来后好一会儿才适应屋里黑乎乎的环境。地面是潮乎乎的泥土，连层砖都没铺，一些蛤蟆、鼓胀蛙在里面旁若无人地爬行着、聒噪着。墙角和屋箔上，拉着一些蜘蛛网，上面有些死去的苍蝇、蚊子，眼看就要坠落下来。这两间屋没有间隔，靠东山墙的地方，孤零零摆放着一张床，上面挂着一顶看不清颜色的蚊帐，一个蓬头垢面、赤身裸体的人蜷缩在里面，已经看不清他的身高体型和面目了。我们知道，那就是大哥的父亲，我的本家大爷。

三叔想走到近前去和大爷说话，大哥说：“莫过去了，要不是我打了点氧化乐果，那臭味能把人熏死。”三叔急了：“什么？氧化乐果？你是熏蚊子还是熏你爹的？不怕把他熏死？”大哥说：“他的命硬着呢，他说喜欢这甜丝丝的味，还跟我要点喝呢。”三叔骇然：“喝点？你要是给了，跟旧社会篡权弑父一样，俺们家不能有这个骂名。”大哥说：“放心吧三叔，你就是给他，他也不喝，他说非要把俺们都熬死不可。”

我和爱华一刻都不想待下去，腥臊恶臭和农药混合的味道搅得心里翻江倒海，大爷床四周的肮脏又硬朝我们的眼里挤撞，蚊帐上、床沿上，到处挂满干结和没干结的大便，床底一个塑料盆里的粪便不知有多长时间没清倒了，一些白色的蛆虫在上面蠕动着，有的还爬到触地的蚊帐和床腿上。回家听母亲说，大爷的床上挖了一个洞，大小便就从洞里朝下排。也是没办法的事，谁能整天陪在那里给他擦屎擦尿的。老头一不高兴，就把粪便到处乱抹，大哥开始还给他清洗，后来也烦了，就随他抹糊。

三叔站在两三米外的地方自我介绍着，还大哥长大哥短地嘱咐他保重身体。蚊帐里一点动静都没有，大哥说他是在装死。想必三叔也想赶紧逃离，就拿出一千块钱对大哥说：“你给你爹再换顶蚊帐吧，脏得实在没样了。床上也该好好打扫打扫了，他想吃点什么就给他买点，花不了多少钱。”大哥接过钱，一脸的谄笑，忙说听三叔的。

这时，大爷说话了：“栓柱啊，你就是给他金山银山，他也不会用在我身上一分的。”栓柱是三叔的小名，看来大爷什么都清楚。大哥面带尴尬，忙把我们送了出去。我看见他黢黑的脸上，愠怒、愧疚、无奈不断变化交织，本就有些佝偻的身躯越发的弯曲。他指着不远处的那座矮房子说：“俺老两口就住在那儿，跟这差不多，就不带你们进去了。”他见三叔神情肃然，就怯怯地叹道：“我不知能不能为俺爹送终了，太累了，说不准哪天就走在他的头里。”

我们不知该说些什么，家乡、爹娘、生存、死亡，这些让我们魂牵梦萦的温情之源和担忧的痛点，注定会陪伴着我们一生，我不清楚祖先是怎样处理这些关系以延续到今天，我也不知道未来会以什么样的态度来对待我们。

母亲催着我们回去：“上班去吧，俺庄户人，没那么多的想法，日子该怎么过还得怎么过。老天饿不死瞎眼的家雀，能不给儿女添乱，活着，就是赚了。”